Tucholsky Wagner Zola Scott Sydow Freud Schlegel
Turgenev Wallace Fonatne
Twain Walther von der Vogelweide Fouqué Friedrich II. von Preußen
Weber Freiligrath Frey
Fechner Fichte Weiße Rose von Fallersleben Kant Ernst Frommel
Richthofen
Engels Fielding Hölderlin
Fehrs Faber Flaubert Eichendorff Tacitus Dumas
Maximilian I. von Habsburg Fock Eliasberg Zweig Ebner Eschenbach
Feuerbach Ewald Eliot Vergil
Goethe Elisabeth von Österreich London
Mendelssohn Balzac Shakespeare
Lichtenberg Rathenau Dostojewski Ganghofer
Trackl Stevenson Doyle Gjellerup
Mommsen Tolstoi Hambruch
Thoma Lenz Hanrieder Droste-Hülshoff
Dach Verne von Arnim Hägele Hauff Humboldt
Reuter Rousseau Hagen Hauptmann
Karrillon Garschin Gautier
Damaschke Defoe Hebbel Baudelaire
Descartes
Hegel Kussmaul Herder
Wolfram von Eschenbach Dickens Schopenhauer
Bronner Darwin Melville Grimm Jerome Rilke George
Campe Horváth Aristoteles Bebel Proust
Bismarck Vigny Barlach Voltaire Federer Herodot
Gengenbach Heine
Storm Casanova Tersteegen Gilm Grillparzer Georgy
Chamberlain Lessing Langbein Gryphius
Brentano Lafontaine
Strachwitz Claudius Schiller Kralik Iffland Sokrates
Katharina II. von Rußland Bellamy Schilling
Gerstäcker Raabe Gibbon Tschechow
Löns Hesse Hoffmann Gogol Wilde Vulpius
Luther Heym Hofmannsthal Klee Hölty Morgenstern Gleim
Roth Heyse Klopstock Goedicke
Luxemburg Puschkin Homer Kleist
La Roche Horaz Mörike Musil
Machiavelli Kierkegaard Kraft Kraus
Navarra Aurel Musset
Nestroy Marie de France Lamprecht Kind Kirchhoff Hugo Moltke
Nietzsche Nansen Laotse Ipsen Liebknecht
Marx Lassalle Gorki Klett Ringelnatz
von Ossietzky May vom Stein Lawrence Leibniz
Petalozzi Irving
Platon Knigge
Sachs Poe Pückler Michelangelo Kock Kafka
Liebermann Korolenko
de Sade Praetorius Mistral Zetkin

Der Verlag tredition aus Hamburg veröffentlicht in der Reihe **TREDITION CLASSICS** Werke aus mehr als zwei Jahrtausenden. Diese waren zu einem Großteil vergriffen oder nur noch antiquarisch erhältlich.

Symbolfigur für **TREDITION CLASSICS** ist Johannes Gutenberg (1400 — 1468), der Erfinder des Buchdrucks mit Metalllettern und der Druckerpresse.

Mit der Buchreihe **TREDITION CLASSICS** verfolgt tredition das Ziel, tausende Klassiker der Weltliteratur verschiedener Sprachen wieder als gedruckte Bücher aufzulegen – und das weltweit!

Die Buchreihe dient zur Bewahrung der Literatur und Förderung der Kultur. Sie trägt so dazu bei, dass viele tausend Werke nicht in Vergessenheit geraten.

Die Schweden vor Olmütz

Johann Gabriel Seidl

Impressum

Autor: Johann Gabriel Seidl
Umschlagkonzept: toepferschumann, Berlin

Verlag: tredition GmbH, Hamburg
ISBN: 978-3-8424-1245-3
Printed in Germany

Johann Gabriel Seidl.

Die Schweden vor Olmütz.

1.

Narrheit erscheint am Toren nicht so hart,
Als an dem Klugen, ist er erst vernarrt;
Denn der verwendet allen Witz daran,
Daß er die Torheit Klugheit nennen kann.

Shakespeare.

Ein wüstes Geschrei tönte durch die niedere Stube des sogenannten »Stammhauses«, einer kleinen abgelegenen Schenke in *Olmütz*, wo sich allabendlich die Brüder in studio zu versammeln und ihrer Lustbarkeit freien Lauf zu lassen pflegten; da ward an den massiven Eichentischen umher getrunken, gewürfelt, gesungen und gesalbadert, daß der Sprechende sich oft selbst nicht verstand, und die gesteigerte Bemühung, sich einander verständlich zu machen, gewöhnlich in allgemeine Unverständlichkeit ausartete. Auch an tollen Raufszenen fehlte es nicht, denn die jungen Herren Studenten trugen ihre wohlgeschliffenen Klingen jederzeit an der Seite und ließen sich ein unebenes Wort nicht zweimal sagen. Zudem schnitten sie gar schiefe Gesichter, sobald ein Mensch eintrat, der nicht zu ihrem Bunde gehörte, oder von demselben nicht geduldet war. Da ward des Federlesens nicht viel gemacht, der ungebetene Gast mußte sich über die Maßen bescheiden fügen und schmiegen, wenn er nicht den Schauplatz, auf welchem er eben mit zu agieren begann, in kürzester Zeit von außen, und zwar oft in der unbequemsten Lage, betrachten wollte.

»Zaus ihn, Wallach!« war die gewöhnliche Losung, wenn es auszumustern galt. Dieser Wallach war niemand anderer, als ein Student namens *Valentin Schmidt*, der Sohn des gleichnamigen reichen

Handelsmannes, ein stämmiger, zwanzigjähriger Jüngling, mit schwarzen Locken, rollenden Feueraugen, aus welchen sein lebhafter Geist sprach, und einer mächtig schallenden Stimme, die bei ihm gut angebracht war, weil er allerdings ein eben so vernünftiges als kräftiges Wort zu reden wußte. Den Namen »Wallach« hatten ihm seine Kollegen gegeben, weil er seiner Körperbildung nach ganz jenen kräftigen Gebirgssöhnen glich, deren Sprache, Sitten, Gewohnheiten er getreu zu kopieren wußte. Häufige Ausflüge in die Bergschluchten jener Gegend hatten ihn mit vieler Vorliebe für diese gigantischen Naturmenschen erfüllt, und manches naseweise Herrlein, welches den guten *Valentin* zu necken vermeinte, trug den *Beweis* dafür bald auf dem Rücken weg. Er war bei allen Studentenstreichen Anführer, Bürge des Gelingens und im Notfalle der Alexander, der den verworrensten Knäuel mit einem kühnen Faustschlage zerhieb. Darum hing auch das ganze Studentenvolk mit begeisterter Vorliebe an ihm. So tapfer er aber in der Schenke arbeitete, so wacker trieb er sich auf dem Tummelplatze der Wissenschaften umher, auf welchen es ihm keiner zuvortat. Daher war man auch gegen alle seine Torheiten nachsichtiger, als es vielleicht recht war, zumal da man in jener kriegerischen Zeit es nicht ungern sah, wenn den jungen Leuten ein bißchen Raufgeist in die Glieder fuhr.

Nur *Valentins* Vater, ein alter, ehrlicher, aber über die Maßen phlegmatischer Bürger, der seinem Geschäfte friedsam nachging, hielt seinem unbändigen Sohne oft ebenso langweilige als vergebliche Ermahnungsreden, welche gewöhnlich mit den Worten schlossen: »Junge, Junge! du hast Kopf, aber wenn du ihn so toll aufsetzest, so wirst du ihn noch einmal verlieren.«

Eben hatte seinen Kopf *Valentin*, wie es schien, wieder aufgesetzt, als er an einem regnerischen Sommerabende des Jahres 1640 im Stammhause saß und wild und unlustig vor sich hinsah.

»Mit dem Wallachen ist heute nichts anzufangen!« hieß es unter den Studenten; denn sie hatten sich seit länger als einem Jahre an diese, früher ihm fremde, Übellaunigkeit gewöhnen müssen. Was ihm so fortwährend im Kopfe stak, wußte niemand; denn trotz seiner Offenheit in allem übrigen ließ er jede Frage über diesen Punkt unbeantwortet, und erwiderte jede Zudringlichkeit mit einer unliebsamen Abfertigung. Man ließ ihn daher gewähren und erschöpfte sich nebenan in flüsternden Vermutungen, deren Resultat war: »Der Wallach ist verliebt!«

Toller Lärm übertäubte bald dieses Gespräch. *Valentin* starrte noch immer teilnahmlos auf den Boden, als ob er alle Spalten und Astlöcher der kotbelegten Dielen zählen wollte. An einem Nebentische saßen einige Bürger, die mit den Studenten in gutem Einvernehmen lebten, und schwatzten wunderliches Zeug von der Teufelsjagd in *Bayern*, welche damals unter dem gemeinen Manne vielen Schrecken verbreitete. Andere wußten sich von einem schwäbischen Weibe eines Soldaten zu erzählen, welches bei *Mellerstadt* auf einmal vier Knaben und drei Mägdlein geboren hatte. Wieder andere behaupteten, von Augenzeugen gehört zu haben, daß es im kaiserlichen Lager zu *Saalfeld* bald nach dem Scharmützel, in welchem der schwedische Offizier *Schlange* den einen Arm verlor, Blut regnete und daß Feuer vom Himmel fiel.

»Mag es sein!« rief ein Soldat von der Stadtbesatzung darunter, der mit den Studenten zechte, »aber etwas anderes will ich euch sagen, daß der *Banner*[1] bald abfahren wird. Kaum hatte seine Frau, die *schöne* Juliana von *Erlach*, die Augen zugedrückt, als die Soldaten oftmals eine Stimme hörten: »Fort, fort, *Banner!* nun ist es Zeit.« – Jawohl es ist Zeit, wir haben an dem *Torstensohn*[2] allein genug.«

Indessen war ein alter Diener der deutschen Gräfin eingetreten, welche vor anderthalb Jahren im großen Hause am Schulplatze eingezogen war. *Schmidt* hatte dem gutmütigen, plauderlustigen Graubart manchmal in der Schenke eine Kanne Bier auftischen lassen, die Studenten wußten nicht, wie er sich's verdient habe, duldeten ihn aber gerne, weil er von *Valentin* eingeführt worden war und ein so eigentümliches Lachen hatte, daß er damit jedesmal seinen Schluck Bier redlich abdiente. Diesmal hatte er sich, ohne seinen Gönner zu bemerken, welcher stumm und gebückt seitwärts saß, zu

---

[1] Der schwedische Feldmarschall Johann Gustafson Banér (geb. 1508, † 1641), genannt »der schwedische Löwe«, war in zweiter Ehe mit der Gräfin Juliane Elisabeth von Erbach (nicht Erlach) vermählt. die im Jahre 1640 starb.

[2] Lenart Torstensson (geb. 1603, † 1651) erhielt nach Banérs Tode den Oberbefehl über die schwedische Armee. Er drang im Mai 1642 durch Sachsen und Schlesien bis nach Mähren vor und eroberte Olmütz.

den übrigen gemacht, und fiel, ein lautes Gelächter seinen Worten vorausschickend, den abergläubische Unglückspropheten nebenan in die Rede:»Ei, was ihr doch immer von Schreckensstimmen und Schaudergeschichten schwatzt! Die Zeit liegt ohnedies im argen! Wartet! ich will euch einmal etwas von einem Feste vorsingen, wobei sich mancher von euch die Gurgel wacker netzen wird.« Sein eigenes Gelächter unterbrach ihn, und alles am Tische lachte unwillkürlich mit.»Ja, lacht nur!« fuhr er fort,»heute über acht Tage ist Hochzeit in *Olmütz*. Unser Fräulein *Eleonora* und unser Stadtkommandant *Antonio Miniati!* Heute abend war das Versprechen!«

Ein schmetternder Schlag unterbrach das Gelächter, in welches der Graubart durch sein tolles Lachen ohne Ursache immer alles mitriß. Der Student Schmidt hatte seinen Bierkrug in wildem Ungestüm auf den Boden geschleudert, daß die Stücke wie Kartaunentrümmer umhersprangen. Mit rollenden Augen fuhr er jetzt empor, drückte das Barett tief in die Stirne, trat wankend zu seinen Brüdern an den Tisch und rief mit versagender Stimme:»Lebt wohl, Brüder! der Wallach zaust keinen mehr!« Mit diesen Worten stürmte er zur Türe hinaus. Alle sprangen überrascht auf, eilten ihm nach, riefen seinen Namen nach allen Weltgegenden; aber er war im Dunkel der Nacht wie ein Poltergeist verschwunden.

Eine tiefe Pause war eingetreten, während welcher alles wieder, stumm einander anblickend, die vorigen Plätze einnahm. Ein lautes gellendes Gelächter des alten Haushofmeisters unterbrach sie, welches Unwillen erregt haben würde, wenn nicht die Neugierde der Kollegen Valentins zu groß gewesen wäre.

»Ei, daß ich ihn nicht früher gesehen habe!« rief er noch immer lachend.»Nun hätte auch nichts geändert! Geheiratet ist geheiratet, und verliebt ist verliebt.«

»Verliebt?« schrie alles.

»Ja verliebt,« erwiderte der Alte, in sein voriges ungestümes Gelächter zurückfallend.»Verliebt! ohne weiters verliebt! Wisset ihr nicht, meine Herren, daß Schmidt in Eleonora verliebt war? Nicht? Ei sehe doch einer, die Herren Studenten wissen so etwas nicht! Freilich war er's oder ist er's vielmehr. Wir waren kaum ein paar Wochen im Hause, als das schöne Zithernspiel des Herrn Kollega unserer Frau auffiel. Absonderlich zeigte aber das Fräulein Lust, diese artige Kunst zu erlernen, da es auch eine engelreine Stimme hat und überhaupt sehr gelehrig ist. Der gute Valentin ward ins Haus gerufen, um ihr in dieser schönen Kunst Unterricht zu erteilen. Da muß sich der Handel angesponnen haben. O, er war ihr nicht gleichgültig! Ich habe dabei manchen Dienst geleistet und glaube der Geschichte sogar die Ehre zu danken, daß ich bei so lustigen Herren meinen Abendtrunk ohne Gefahr tun kann.«

Seine Worte erstickten in einem krampfhaften Gelächter, welches die Studenten durch ein dringendes »Weiter, weiter!« unterbrachen.

»Ja, weiter, weiter«, lachte der Alte sprechend fort, »was weiter? Der Oberst *Miniati* warb um *Eleonora*. Die Mutter fand die Partie gut, und unser armer *Valentin* sitzt nun als Hase im Pfeffer; ich bedauere ihn recht herzlich! Aber es ist nun schon so, und der Weltlauf läßt sich nicht ändern.«

Die Studenten sahen nun, daß sie recht geahnet hatten, und fürchteten trotz des Haushofmeisters Lachen von *Valentins* unbeugsamem Trotze und unbändiger Leidenschaft das Äußerste.

Noch in der Nacht suchten sie ihn auf, aber er war weder in seines Vaters Hause, noch irgend wo anders zu finden. Eben so vergeblich waren ihre Nachforschungen am andern Tage und an den folgenden. Sie ersetzten dem Vater die besorgtesten Späher und ließen sich die Sache mehr angelegen sein als er selbst, welcher anfangs zwar betroffen war, bald aber mit siegreichem Phlegma antwortete:»Soll's haben! Hab's ihm immer gesagt: Bursche, du hast Kopf, wenn du ihn aber so aufsetzest, wirst du ihn verlieren!« und damit war die Sache von Seite des Vaters abgetan.

Die acht Tage waren um. Ganz *Olmütz* nahm an dem festlichen Beilager Anteil. War gleich *Eleonora* erst zwanzig Jahre alt und *Miniati* nahe an den Sechzigen, so dachte doch niemand, welcher den kräftigen, mit edlem Anstande und freundlicher Herablassung einhergehenden Krieger sah, an sein Alter. Noch leuchtete volle Rüstigkeit aus seinem ernsten Auge, und hätte man, ihm zur Seite, *Eleonoren* auch eher für seine Tochter als für seine Gemahlin ansehen mögen, so lag in dem Gedanken, daß sie seine Braut sei, doch weiter nichts Abschreckendes. Sie selbst schien ziemlich heiter zu sein und in dem Bande, welches zu knüpfen sie im Begriffe stand, ihr volles Begnügen zu finden. Mit ruhiger Fassung schritt am Arme des Bürgermeisters, als Beistandes, die schöne Braut der bischöflichen Kapelle zu, in welcher, in Anwesenheit der Autoritäten und Honoratioren, die Trauung vor sich gehen sollte.

Eben steckte der Priester den Trauring des Obersten an den weißen Finger der zitternden Braut, als von außen ein Schuß fiel, und unter Scheibengeklirr eine Kugel knapp über dem Haupte des Bräutigams hinpfiff. Entsetzt und empört von gerechtem Unwillen über diesen Frevel fuhr alles auf, und ohne irgend einen Befehl abzuwarten, stürzten einige von den Soldaten, welche das Spalier an der Kapelle bildeten, hinaus, um sich des Ruhestörers zu bemächtigen. Vor dem Altare selbst war alles mit der Braut beschäftiget, die ohnmächtig zu Boden sank. Der Täter war nicht auszumitteln. Erst nach einer langen Pause kam die Braut wieder zu sich und erklärte, wiewohl scheu und ängstlich um sich blickend, daß sie sich kräftig genug fühle, den Akt der Trauung vollenden zu lassen. Diese ging auch ohne weitere Störung vor sich.

Ganz *Olmütz* sprach von dem sonderbaren Vorfalle. Man hegte Vermutungen aller Art. Die Studenten argwöhnten nicht ohne Besorgnis, daß *Valentin Schmidt*, von welchem nicht die geringste Spur mehr zu entdecken war, den unvorsichtigen Streich begangen habe, um sich empfindlich zu rächen. Selbst *Valentins* Vater äußerte einmal in seinem unverbrüchlichen Phlegma: »Ja, ja, das sähe dem Tollkopfe gleich! Gut, daß ich ihn vom Halse habe, vielleicht setzt ihm die Not den Kopf zurecht!«

2.

Weg mit den zitternden
Alles verbitternden
Zweifeln von hier.

Goethe.

Wild loderte das Kriegsfeuer schon durch Jahrzehnte in Deutschland. Bange Furcht erschütterte die Gemüter, und der finstere Aberglaube, dessen Vorspiegelungen sich das Herz in der Not so gerne hingibt, fing an, sich selbst der aufgeklärteren Köpfe zu bemächtigen. So hatte ein gewisser Johann *Werner* von *Beckendorf* aus *Meißen* eine Prophezeiung drucken lassen, welche von Hand zu Hand ging, und das tägliche Gespräch der kannegießernden Menge bildete, deren Besorgnis aufs höchste stieg. In der Tat waren die Aussichten für die Katholiken immer trüber geworden. Von Provinz zu Provinz verbreitete sich der Geist der Mutlosigkeit, die *Schweden* drangen unter ihrem heldenmütigen und schlauen *Torstensohn* immer weiter vor, und oft erschienen seine Vorposten dort, wo man ihn noch weit entfernt wähnte. Der kaiserliche Feldherr Franz *Albrecht*, Herzog von *Sachsen-Lauenburg*, fiel bei *Schweidnitz* in die Hände der *Schweden*, nachdem er zwei Pistolenschüsse empfangen hatte, die seinem Leben am 10. Juni 1642 ein Ende machten. Die Feinde rekognoszierten bis *Königgrätz* und *Glatz*, nahmen *Stanislau*, *Öls* und *Bernstadt* ein und breiteten sich immer weiter nach allen Richtungen aus, ohne daß man ihrem Vordringen ernstliche Hindernisse entgegensetzen konnte.

Mit jedem Tage wuchs die Gefahr für *Mähren*. In *Olmütz*, der Hauptstadt selbst, sprach man zwar viel von mannhafter Verteidigung, falls es not täte, niemand aber glaubte, daß es not tun dürfte, indem man vom Kriegsschauplatze nur seltene und unzusammenhängende Nachrichten empfing, welche den überlegenen Feind lange nicht so nahe gerückt schilderten.

So bänglich übrigens die Stimmung im allgemeinen war, so fehlte es doch nicht an einzelnen Festen und Lustbarkeiten, durch welche man vielleicht mitunter nur die eigene Mutlosigkeit beschwatzen oder sie vor andern bemänteln wollte. Nur selten gelang es, den Ton ungetrübter Heiterkeit anzuschlagen und zu erhalten.

Zu den Festen, wo dies am wahrsten und besten vonstatten ging, gehörte ohne Zweifel die prachtvolle Tafel, durch welche *Eleonora*, die liebenswürdige Gattin des kaiserlichen Obersten und Kommandanten von Olmütz, *Antonio Miniati*, Freiherrn von *Kampoli*, das sechzigste Geburtsfest ihres allgemein geachteten Eheherrn feierte. Was *Olmütz* an vornehmen und ehrenwerten Männern zählte, war geladen; von schimmernden Kronleuchtern strahlte der Saal; heitere Musikchöre tönten von dem blumenverzierten Orchester; die Tafel bog sich unter der Last der köstlichen Gerichte und der flimmernden Silbergedecke, und abwechselndes Gespräch belebte die Gesellschaft ohne Unterbrechung. Der umsichtige, vielerfahrne Bürgermeister, die wackeren Ratsherren *Schwonauer* und *Kaufmann* unterhielten den Hausherrn mit Vorfällen aus der Stadt und schonender Erörterung bürgerlicher Verhältnisse. Die hochgebildete Hausfrau wendete sich mit holder Anmut und natürlicher Freundlichkeit zu den versammelten Frauen ohne Unterschied des Ranges und Standes. Der lebensfrohe sechzigjährige Schirmvogt des Minoritenklosters *Paulin Zaczowicz* aber hatte wieder seinen alten Antagonisten, den Administrator *Stredele*, aufs Korn genommen und trieb ihn durch manche Fangfrage gar erbaulich in die Enge.

Jetzt erhob sich *Eleonora* von ihrem Stuhle, füllte den silbernen Pokal mit würzigem Österreicher, und brachte ihrem Eheherrn ein lautes Lebehoch aus. Trompeten und Paukenwirbel fielen in den herzlichen Jubel ein, mit welchem die ganze Gesellschaft den Ruf der Hausfrau erwiderte. Gerührt dankte *Miniati* mit gewählten Worten, welche dem guten *Paulin* so ans Herz drangen, daß er nochmals seinen Pokal ergriff und aufstehend improvisierte:

»Deus nostri Miniati
Laetae faveat aetati;
Unser Gut und Blut für ihn,
Dixi*Zaczowicz Paulin!*«

Kaum hatte man sich gesetzt, als ein Diener des Obersten eintrat und ihm meldete, daß der Bürger *Valentin Schmidt*, soeben von einer

Geschäftsreise an die Grenze zurückgekehrt, ihm etwas mitzuteilen wünsche, was keinen Aufschub leide.

Der Oberst ließ ihn hereinbieten und meldete seinen Gästen, wer ihm angemeldet wurde.

»Was mag wohl dem Phlegmatikus so sehr am Herzen liegen,« bemerkte der Klostervogt *Paulin*,»daß er über seine Nachricht gar keine Sonne will aufgehen lassen? Hat ihm etwa der vorgestrige Wolkenbruch eine Lieferung verschwemmt? Sonst wüßte ich nicht, was ihn so spät noch auf die Beine bringen könnte!«

Schmidt war indes eingetreten und sah so ungewöhnlich verstört drein, daß dem Vogte fast unwillkürlich gegen seinen Nebenmann die Bemerkung entschlüpfte:»Heut' sieht er zum ersten Male gescheit aus!«

Bald aber teilte sich *Schmidts* langes Gesicht auch manchem anderen aus der Gesellschaft mit; denn sein Bericht, welchen er dem Obersten mit ungewöhnlicher Hast erstattete, war nichts Geringeres als die Meldung, daß die *Schweden* Schlesien bereits verlassen haben, und in kürzester Frist auf mährischem Boden stehen dürften. Er selbst habe über Hals und Kopf geeilt, um in *Olmütz* noch vor den *Schweden* anzukommen.

Alle sahen einander betroffen an; die Wahrscheinlichkeit solch einer überraschenden Wendung war nicht zu bezweifeln, und *Schmidts* kalte Ruhe und Gleichgültigkeit gegen alles, was nicht in seine Rechnungsbücher einschlug, kannte man zu wohl, als daß man seine Nachricht für übereilt hätte halten sollen. Die laute Freude war auf einmal in stummes Nachsinnen übergegangen.

»Meister *Schmidt*,« begann, die allgemeine Pause unterbrechend, der Vogt *Paulin*,»Ihr seid mir der Wahre! Konntet Ihr Eure Hiobspost nicht auf morgen versparen? Wer soll jetzt noch essen und trinken können?« und mit diesen Worten leerte er seinen Becher so gemütlich und köderte mit der schweren Silbergabel ein Stück des würzigen Bratens so zuversichtlich, daß sich die Besorgtesten eines herzlichen Lächelns über seinen wohlberechneten Schalksernst nicht erwehren konnten.

»Weiß der Himmel,« fuhr er fort,»ich bin im Glauben meiner Väter fünfzig Jahre alt, und ebensoviel Zoll im Durchmesser dick geworden, aber in so fröhlicher Gesellschaft bin ich für Grillen und Mücken immer der Ungläubigste. Morgen früh will ich alles glauben, und für das, was ich glaube, mich selbst samt Haut und Bauch zum Opfer bringen; aber heut' dächt' ich, lassen wir die *Schweden* noch *Schweden* sein.«

Der Oberst wußte *Zaczowiczs* Bemühen zu würdigen, und sah trotz seiner eigenen, schweren Besorgnis gern, daß unter die Mehrzahl der Gäste wieder Mut und Heiterkeit zurückkehrte. Er selbst trat wohl einige Male mit seinen Adjutanten und Feldhauptleuten in diese und jene Fensternische, auch der Bürgermeister und seine Räte steckten die Köpfe gar bedenklich zusammen; aber die gesprächige Hausfrau wußte den Frauen, und der lustige *Paulin* den Herren so gut beizukommen, daß man solche verdächtige Zwischenspiele gar nicht bemerkte und sich bald wieder der ungezwungenen Fröhlichkeit überließ. Bis Mitternacht dauerte Tanz, Musik und Kurzweil, und alles ging so ruhig und wohlgemut nach Hause, als ob *Schmidt* keine Kriegsbotschaft, sondern die Nachricht mitgebracht hätte, daß soeben ein hundertjähriger Friede mit den *Schweden* unterzeichnet worden sei.

3.

Ist dies nicht etwas mehr als Einbildung?
Was haltet ihr davon?

Shakespeare.

Die Botschaft, welche der Bürger Schmidt von seiner Reise mit nach Hause gebracht hatte, blieb nicht ohne ernstliche Nachwirkung. Kaum war der Morgen angebrochen, als man über die Sache reiflicher nachzudenken begann, und allenthalben, wohin sich das Gerücht verbreitet hatte, in die traurigste Besorgnis geriet. Vor allem aber fanden in *Miniatis* Hause die ernsthaftesten Beratungen statt. Die öffentlichen Schenken, die Gewölbe der Handelsleute, die Hörsäle der Studierenden waren voll von der Unglücksbotschaft, welche durch einlaufende Nachrichten von verschiedenen Seiten zur unwiderlegbaren Gewißheit erwuchs. Besonders regsam war die Schar der Studenten, welche bereits von Sturm und Ausfall träumte, und nichts bedauerte, als daß der Wallach, dessen Namen wie eine Fabel aus dem Tosen der Vorzeit sich unter den Musensöhnen forterbte, verschollen war, an welchem sie einen Anführer, Ratgeber und Ermunterer gehabt hätten, für welchen sie jetzt umsonst einen würdigen Ersatzmann suchten. Die Stimmung war übrigens unter der Mehrzahl nichts weniger als entmutigend, und allgemein träumte man von Schlappen und Witzigungen, welche der gefürchtete *Torstensohn* unter den Wällen von *Olmütz* zur heilsamen Warnung für alle Zukunft erfahren sollte.

Auch auf dem Rathause fand eine sorgsame Beratung statt. Da man des Geistes, der unter der Bürgerschaft herrschte, sicher zu sein glaubte, so beschloß man nach dreistündiger Unterhandlung und Erwägung, die Stadt bis auf den letzten Mann zu verteidigen, der Bürgermeister und seine Räte, die Geistlichkeit, welche damals in der Stadt eine nicht unwichtige Rolle spielte, und sämtliche Bürgerausschüsse stimmten für den hartnäckigsten Widerstand, wozu sich auch der Rektor der Studien, welcher seine jungen Brauseköpfe nur zu gut kannte, vollkommen bereit erklärte.

Anderer Meinung hingegen war *Miniati*, welcher die Sache von der militärische Seite nahm. Er hatte unter seinem Kommando nicht mehr als achthundert streitbare Männer, darunter größtenteils Italiener und Neugeworbene. Auf die Hilfe freiwilliger Verteidiger ist am wenigsten zu bauen, indem leicht Unordnung, Parteigeist oder Mutlosigkeit einzelner die Kräfte zersplittert, und die Geschichte für hundert Beispiele wackerer Verteidigung und heldenmütiger Ausdauer gewiß ebensoviele gescheiterter Hoffnungen und mißglückter Pläne aufzuweisen hat. So lieb daher der Oberst auch den Minoritenvogt hatte, so kräftig bekämpfte er dessen Vorschläge zur allgemeinen Bewaffnung. Schon wankten einige der angesehenen Vertreter des Bürgerstandes und nannten die Nachgiebigkeit des Kommandanten eine kluge Vorsichtsmaßregel, welcher man sich, dem Drange der Umstände nachgebend, fügen müsse, wie sehr sich auch das Herz der einzelnen Patrioten dagegen sträube. *Paulin* aber gab nicht nach und wendete seine ganze volkstümliche Beredsamkeit an, um die Gemüter zur standhaften Gegenwehr zu stimmen.

»Wer sich selbst verläßt,« begann er, »den wird der Himmel auch verlassen! Auch die *Schweden* haben Rücken, auf welche sich auf gut mährisch eine tüchtige Warnung schreiben läßt. Warum sollen wir ihnen so gutwillig unsere Tore öffnen? Mit ihrer Hauptmacht können sie nicht anrücken, und sind wir denn so arm an Verteidigern? Solange unsere achthundert Mann hinreichen, stehen diese auf den Mauern, damit wir im Innern der Stadt uns in den Waffen einüben können. Wenn diese einmal mangeln, da geht es an die Bürger, an die Studenten, die jetzt schon ihre Hieber wetzen und ihre Sackpuffer vom Roste reinigen usf.«

Seine Worte fielen nicht auf dürren Boden; *Miniati* ward überstürmt und gab, um nicht den Vorwurf der Saumseligkeit auf sich zu laden, zögernd nach. Man traf Anstalten zur Verteidigung, bestimmte die Posten, besserte die Wälle aus, trug Dächer ab und flocht Schanzkörbe, bezeichnete Wohnungen, welche feuerfest waren, zu Magazinen und Lazaretten, sammelte Waffen und Proviant, exerzierte und manövrierte, errichtete Korps und Patrouillen, Reserven und Arbeitskompagnien und betrieb alles, was höchst fördersam gewesen wäre, wenn man einer Belagerung im nächsten Jahre, nicht aber einen Sturm in der nächsten Woche entgegenzusehen gehabt hätte.

Miniati sah dem allem mit ernster, bedenklicher Miene, wie einer fruchtlosen Bemühung, zu und unterstützte werktätig nur dort, wo seine militärische Ehre unmittelbar in Anspruch genommen wurde. Seine Gemahlin, das Mißliche seiner Stellung erkennend, suchte durch ihre rege Teilnahme von allem, wo Frauen in solchen Gelegenheiten helfen und raten können, nach Kräften auszugleichen, und den Ruhm jeder beifällig angenommenen Maßregel ihrem Eheherrn abzutreten. Sie ordnete einen Verein der Bürgerfrauen zur Pflege der Verwundeten und Kranken an; sie gab ihren Schmuck her, um den Arbeitern zuzulegen; sie sprach, wo sie hinkam, Mut zu und bewies sich in allem und jedem als eine Frau, die nicht minder heldenmütig als klug ist.

Unter solchen Anstalten verging eine Woche, als eines Morgens die Wachen auf den Stadtmauern meldeten, daß schwedische Vorposten sich gezeigt hätten. Es war wirklich so. Langsam schob sich eine Kolonne vor, deren Piketts sich von Vedette zu Vedette erreichen konnten. Da gab es gewaltigen Alarm in der Stadt. Nun galt es Ernst; mit innerm Widerwillen und der festen Überzeugung vom Mißlingen schritt *Miniati* zur Verteidigung. In aller Eile wurden alle Feuerschlünde, die noch in dem Zeughause standen, auf die Wälle gebracht. Ihr dumpfes Gerassel in den Straßen weckte die Bürger aus dem letzten Traume der Ungläubigkeit, in welchen noch immer versunken, sie das Ganze bisher doch nicht ernster nahmen, als ein Schaumanöver. Sämtlicher Warenvorrat wurde an die Bürger und Studenten verteilt. Auch *Paulin*, der wackere Schirmvogt, hatte Wort gehalten und zog an der Spitze seiner Söldner wohlgerüstet und kampffertig vor der Wohnung des Obersten auf.

Wer auf die Wälle sah, mußte erstaunen über die Masse von Händen, welche sich da zum Dienste des Vaterlandes rührten und regten, wer aber einen Blick in die verödeten Straßen warf, konnte sich über die unheilvolle Zukunft nicht täuschen, welche der Stadt bevorstände, wenn jenes Phantom von Streitkräften, welches die Mauern erfüllte, beim ersten kühnen Angriffe zerstöbe.

Immer näher rückten die *Schweden*, ohne übrigens eine andere feindliche Demonstration zu machen, als daß sie gemächlich lagerten und die Mündungen ihrer Feuerschlünde ruhig der Stadt zukehrten. *Miniati*, welcher sich zum Ernste genötigt sah, suchte nun

die Ratsherren *Schwonauer* und *Kaufmann* zu bereden, daß sie, solange es noch möglich wäre, ihre Frauen in Sicherheit brächten.
Diese, welche hinter des Obersten mutvoller Gemahlin nicht zu-
rückstehen wollten, erklärten sich nur dann zur Flucht bereit, wenn
Eleonora mit ihnen zöge. *Miniatis* dringenden Vorstellungen gab sie
endlich nach, wiewohl sie sich nur schwer entschließen konnte,
mancher Anstalt, welche sie selbst ins Leben gerufen, sich als Leite-
rin und Teilnehmerin zu entziehen. Eine öffentliche Bekanntma-
chung stellte es allen, welche *Olmütz* verlassen wollten, frei, bei
Anbruch des nächsten Morgens, unter hinlänglicher Bedeckung,
nach *Brünn* abzuziehen, welches kräftigeren Schirm und Schutz
darböte. Jetzt schon zeigte es sich, wie richtig *Miniatis* Urteil von der
vorgeblichen Allgemeinheit der Kampflust war. Mancher, welcher
vor wenigen Tagen noch bramarbasierte, als ob er die *Schweden*
allein verschlingen wollte, schnürte jetzt in aller Eile sein Bündel
und schloß sich stumm und zitternd der marschfertigen Karawane
an, welche, nebst den genannten Frauen, aus mehreren reichen
Kaufleuten und angesehenen Priestern, vielen aus Schlesien mit
ihren Reichtümern hierher Geflüchteten, und sogar aus eigenen
Ausreißern von jenem Freikorps bestand, welches unter *Paulins*
Kommando unter Waffen getreten war. Man wunderte sich allgemein, den Administrator *Stredele* und den Bürger *Schmidt* nicht
unter den Flüchtlingen zu bemerken; aber von ersterem hieß es, als
man nach ihm fragte, daß er schon seit einigen Tagen unsichtbar
geworden sei, und letzterer schien sein altes Phlegma wiederge-
wonnen zu haben.

Die Nacht dünkte den Harrenden eine Ewigkeit; endlich graute
der Morgen. Von Segenswünschen ihrer Angehörigen begleitet,
setzte sich ein Zug von mehr als zweihundert Menschen, denen eine
Reihe von vierhundert mit Kostbarkeiten und Kleinodien beladenen
Wägen folgte, in Bewegung. Eine Schwadron mutvoller und wohl-
bewaffneter Reiter diente der bunten Karawane zur Bedeckung.
Zum Abmarsche wurde jenes Tor gewählt, welchem gegenüber
noch keine feindlichen Schanzen aufgeworfen waren.

Ungestört, vom dichten Nebel geschützt, bewegte sich der Zug
der Vorstadt *Pawelka* zu. Entweder waren die *Schweden* auf derlei
Handstreiche zu gut eingeübt, oder ein Verräter hatte sich bei *Torstensohn* ein Bildchen einlegen wollen, aber eine höchst unangeneh-

me Überraschung war den arglosen Flüchtlingen in jedem Falle vorbereitet.

Kaum hatten nämlich die Entwichenen *Olmütz* im Rücken, als der *Torstensohn*sche Vortrab über sie herfiel, die Schwadron Reiter nach tapferer Gegenwehr zerstreute, die Wägen wegführte, und eine große Anzahl der Flüchtlinge gefangen nahm; unter diesen letzteren befand sich auch *Miniatis* Gattin, deren Schicksal in der Folge entscheidend auf *Olmütz* einwirkte.

Mit Schaudern erfuhr man in der Stadt durch den rückkehrenden Rest der Bedeckung den Vorfall, welchen das nahe Schießen und Lärmen im dichten Morgennebel nur ahnen ließ. Aber Rettung war zu spät. Indessen rückte *Torstensohn* selbst vor die Mauern und schlug in der Vorstadt, im Kapuzinerkloster, sein Hauptquartier auf. Mit freudigem Lächeln vernahm er *Leonoras* Gefangennehmung, denn es entging dem schlauen Feldherrn nicht, von welchem Vorteile sie ihm für die Zukunft sein könnte. Er ließ sie daher in eine abgelegene, wohlverwahrte Zelle des Klosters bringen und befahl, sie reichlich mit allem Nötigen zu versehen. Jedoch ließ er es auch an strenger Obhut nicht fehlen, denn er rechnete viel auf ihren Einfluß bei *Miniati* und hatte große Pläne für den Fall bereitet, als dieser die Verteidigung einer Stadt aufs Äußerste triebe, welche er, sicheren Nachrichten und Kundschaften zufolge, ohne vieles Blutvergießen einzunehmen hoffte.

Noch am Abende desselben Tages ordnete daher der Feldherr einen Parlamentär ab, welcher der Stadt sich mit einem Trompeter näherte und sie zur Übergabe aufforderte. *Miniati* suchte die Bürgerschaft nochmals von der Unmöglichkeit eines wirksamen Widerstandes zu überzeugen, widerlegte die Gerüchte von der Gefangennehmung seiner Frau, die ihm wohl bekannt war, durch einen untergeschobenen Brief von ihr, um jeden Verdacht eines persönlichen Interesses zu zerstreuen und schilderte den Bürgern die Folgen der fruchtlosen Hartnäckigkeit mit den grellsten Farben; aber der Ehrgeiz aller, namentlich der Studenten und *Paulins*, war zu sehr gereizt, als daß seine Vorstellungen Gehör gefunden hätten.

Der mutige Vogt übte den wesentlichsten Einfluß. Unermüdlich war sein Bestreben, den Mut und die Kampflust der Verteidiger anzufeuern, und ungeachtet die Kugeln bereits ganz unheimlich über den Häuptern der Belagerten dahinpfiffen, und mancher hell auflodernde Dachstuhl es weithin verkündete, daß es den *Schweden* mit dem Bombardement Ernst sei, war er doch unablässig auf den Wällen beschäftigt. Er wußte sogar eine namhafte Rotte zu einem Ausfalle zu bewegen, welcher am nächsten Morgen getan werden sollte, und blieb, da er die nötige Anzahl Freiwilliger, als Soldaten, Studenten und Söldnern seiner Kompagnie zusammengebracht hatte, hinter seinem Vorhaben nicht zurück. Mit dem Frühesten öffnete sich ein verborgener Ausgang der vielverzweigten Kasematten, aus welchem er mit dem Häuflein seiner Getreuen hervorstürzte. Das Schwert hoch geschwungen, drang er unvermutet gegen die Hauptschanze der *Schweden* vor, wo man sich eines solchen Angriffes nicht im geringsten gewärtig war. Die Feinde waren nicht wenig überrascht. Schon hatten die herzhaften *Olmützer* eine Batterie zerstört und die Bemannung in die Flucht geschlagen, als Oberst *Wanka*, der mit seinem Fähnlein in der Nähe stand, ein Regiment leichter Infanterie aufbot, um den Bedrängten zur Hilfe zu eilen. Da wandte sich das Blatt; ein hartnäckiger Kampf begann, in welchem die disziplinierte Truppe, wie leicht zu erwarten stand, die Oberhand behielt. Über dreißig von den kühnen *Olmützern* wurden verwundet, und der tapfere *Zaczowicz* selbst fiel in die Hände der *Schweden*, die ihn unter Mißhandlungen jeder Art in das Kapuzinerkloster, das Hauptquartier ihres Feldherrn, schleppten.

4.

's ist Arzenei
Zu süßem Zwecke bitter.

Shakespeare.

Gar seltsam sah es im Refektorium der P. P. Kapuziner aus. Die gebräunten Heiligenbilder blickten von den Wänden finster und unheimlich herab, und die geschnitzten Statuen der Märtyrer in den Ecken des geräumigen Saales, standen auf ihren Fußgestellen so ernst und regungslos, als ob sie eben erst vor Verwunderung über die neuen Bewohner, die seit kurzem hier hausten, zu Holz erstarrt wären. Sonderbar widerhallte das Sporengeklirre auf dem marmornen Estrich, über welches bisher nur klappende Sandalen hinschleiften. Statt der braunen Kutten und der weißen Strickgürtel sah man zweifärbige Koller und lederne Wämser mit goldenen und seidenen Feldbinden; statt der wallenden Graubärte, statt der Glatzen oder Kapuzen, braunlockige Soldatenköpfe mit bebuschten Sturmhüten und blank beschlagenen Helmen.

Mitten im Refektorium aber saß an einer langen Tafel, an welcher sonst die genügsamen Mönche ihre Kollation einzunehmen pflegten, ein ernster, vierzigjähriger Krieger, welchem man die Feldzüge und Strapazen vergangener Jahre auf der tiefgefurchten Stirne las, von Adjutanten und Schreibern umgeben, lesend, befehlend und hörend. Es war *Leonhard Torstensohn*, seit *Banners* Tode der Schweden Generalfeldmarschall.

»Hab' ich es nicht immer gesagt,« sprach er zum Generalmajor *Stahlhans*, welcher ihm eben das Bulletin des Obersten *Wanka* vorgelesen hatte, »je unbedeutender der Feind, je unangenehmer der Kampf. Es ist wie mit den kleinen Hunden, man achtet sie nicht, und sie beißen doch. Wenn's mich freuen soll, drein zu schlagen, so muß mein Feind mir dreimal überlegen sein, dann nimmt man sich zusammen, und wenn sich der *Leonhard* zusammennimmt, so lassen ihn die *Schweden* nicht stecken. Aber er soll mir's büßen, der Starrkopf *Miniati* und das freche Häuflein, das uns die schöne Batterie zerwarf. Ich mag's nicht leiden, wenn der Mensch tut, was nicht seines Amtes ist; der Bürger bleibe bei seinem Gewerbe, der Student bei seinen Büchern, der Klostervogt bei seinen Mönchen. Wo ist er, der Tollkühne, der die Rotte anführte? Bringe ihn hierher! Ich will ihn ins Examen nehmen, daß er auf mich denken soll.«

Das Knie sich reibend, in welchem sich die Gicht regte, so oft er leidenschaftlicher auffuhr, senkte er die Blicke wieder in die Landkarte, die vor ihm ausgebreitet lag, während ein Adjutant abtrat und *Zaczowicz* holte.

Ein leises Geflüster lief durch die Reihen der Offiziere und Ordonnanzen, als der wohlbeleibte *Paulinus* hereingeführt wurde. Sein graues Wams war von mancher Kugel durchlöchert und mit Kotflecken getigert, welche ihm die spottende Menge, die ihn ins Hauptquartier schleppte, beigebracht hatte. Sein Bäuchlein schien wenig gelitten zu haben, dafür hatte er aber seine Stirne, die von einem schwedischen Säbel leicht gestreift worden war, mit einem weißen Tuche umwunden.

Ohne die geringste Befangenheit trat er vor den gefürchteten Schwedenführer, der noch nicht aufsah, und begann, da niemand ihn vorstellte, selbst mit seiner gewöhnlichen Laune sich vorzustellen.

Torstensohn blickte empor und wendete sein rollendes Auge gegen den Vogt.

»Seht,« fuhr dieser fort, »eine Seltenheit vor Euch. Ich wollte den Mars spielen, und bin zum Kupido geworden!«

»Was Er büßen soll!« antwortete der Feldherr, von *Paulins* Gefaßtheit betroffen.

»Gott, der Herr, verzeiht,« erwiderte der Vogt, an die Brust klopfend, »und so werdet Ihr mir wohl auch nicht gleich die Verdammnis an den Kopf werfen, wie *Martinus Luther* dem Teufel das Tintenfaß.«

Den umherstehenden Offizieren entfuhr unwillkürlich ein lautes Lachen, welches sie schnell unterdrückten, als *Torstensohn* finster aufblickte und den Schirmvogt angrollte: »Wenn ich Euch aber um einen Kopf kürzer machen lasse?«

»Dann könnt Ihr mich als Kugel brauchen!« – versetzte *Paulin*, die Hände gemütlich über seinen Bauch schlingend.

Diese Antwort hatte *Torstensohn* nicht erwartet. Sein Ernst verwandelte sich in ein leises Kopfschütteln, welches seine Leute wohl kannten; es war ein Zeichen des Überganges vom Zorne zu seiner angeborenen Jovialität. – »Wie konnt' es Euch, dem Schirmherrn eines Klosters, einfallen,« bemerkte er mit Nachdruck, »unaufgefordert das Schwert zu ergreifen?«

»Weil Ihr mit dem Schwerte unaufgefordert kamt. Wie du mir, so ich dir; das ist der Welt Lauf! Der Mann nützt, wo er kann!«

»Und was denkt Ihr nun, daß ich mit Euch machen werde?«

»Wenn ich für Euch gehandelt hätte, so wüßt' ich's, – zum Hauptmanne wenigstens; jetzt vielleicht zu einem Manne ohne Haupt, – vielleicht auch nicht!«

Torstensohn wendete sich zu *Stahlhans* und sagte lächelnd: »Was meint Ihr? Wird er sich die Lektion zu Herzen nehmen?«

»Er scheint nicht ungelehrig!« erwiderte der Generalmajor.

»Nun so mag er hier bleiben im Kloster als Gefangener,« sprach der Feldherr, »bis sich eine Gelegenheit zur Auswechslung findet. Er ist mir doch lieber, als der andere, den wir neulich fingen. Seid Ihr's zufrieden?«

»Wie man's nimmt!« antwortete *Zaczowicz* mit trübseligem Gesichte.

»Was?« fuhr *Torstensohn* auf.

»Versteht mich nicht unrecht,« fiel ihm Paulin ins Wort, »Euer Gefangener wär' ich recht gern, wenn Ihr nur mir andere Gefangenwärter bestelltet. Saht Ihr die Patres, die Ihr ins obere Stockwerk versprengtet? Sind sie nicht alle vom Barte bis zu den Sohlen ein Bild der langen Fasten? – Was wird aus meinem Bauche werden, wenn er sich nach einer neuen Kirchenregel fügen muß?« –

»Nun das laßt meine Sorge sein,« erwiderte der Feldherr gutmütig, »ich denke die *Olmützer* werden mich versorgen. – Habt Ihr noch ein Bedeuten?« – Der Vogt dankte mit launiger Herzlichkeit und wandelte, dieser Gefahr glücklich entronnen, im Kloster ungehindert auf und ab. Bald erfuhr er, daß *Miniatis* Gattin seine Gefangenschaft teile. Unverzüglich bat er um die Erlaubnis, sie besuchen zu dürfen, die ihm auch ohne Anstand erteilt wurde. Wie ein Engel des Trostes trat er in die Zelle der Gefangenen, sprach ihr Mut zu, suchte sie aufzuheitern, und stärkte sie durch den Gedanken an bessere Tage der Zukunft, manches Wort hinstreuend, dessen Sinn die tiefgebeugte Frau, in Erwägung ihrer hoffnungslosen Lage, als frommen Wunsch, kaum der Beachtung würdigte.

Indessen ließ *Torstensohn* wieder auf *Olmütz* stürmen, wurde jedoch kräftig zurückgeschlagen, indem die Bürger und Studenten das Militär so wacker unterstützten, daß *Miniati* selbst an die Möglichkeit eines längeren Widerstandes zu glauben anfing. Er sendete daher, in der baldigen Ankunft eines Entsatzheeres das einzige Rettungsmittel erblickend, einen vertrauten Mann mit einem Schreiben an den Erzherzog *Leopold Wilhelm* ab. Aber *Torstensohns* Posten waren zu wachsam, und auch dieser Bote wurde aufgefangen.

Dieser Vorfall bewog den *Schwedenfeldherrn*, zu einem Mittel zu schreiten, welches er sich als unfehlbar früher ausgedacht hatte. Er ließ nämlich *Miniatis* Gemahlin rufen. Mit bangem Zittern folgte die Gefangene dem Adjutanten, welcher sie abholte.

»Schöne Frau,« sprach *Torstensohn*, ihr entgegentretend, während der Adjutant auf seinen Wink ihr einen Stuhl hinrückte, »ich habe Euch zu mir bitten lassen, indem ich ein paar Worte von größter Wichtigkeit mit Euch allein zu sprechen habe.«

Der Adjutant verließ das Refektorium; *Eleonora* nahm an des Feldherrn Seite Platz und suchte Fassung zu gewinnen.

»Fürchtet nichts!« fuhr *Torstensohn* fort, welcher ihre edlen Züge mit Wohlgefallen betrachtete.

»Ich fürchte nichts,« erwiderte die Gefangene mit Anstand und Würde; »ich habe es mit einem Manne zu tun, der an der Seite einer Beata de la Gardie gewiß der Schonung gegen Frauen nicht vergessen hat.«

»Ihr nennt mir einen Namen,« antwortete *Torstensohn*, »welcher mich selbst im Zorne entwaffnen könnte. Doch Ihr bedürft keiner Fürbitte, Euer Antlitz, Euer Benehmen reicht hin, um Euch Achtung zu sichern. Nur muß ich Euch zu bedenken geben, daß ich Euch in doppelter Eigenschaft gegenüberstehe, als *Leonhard Torstensohn* und als Generalfeldmarschall des *Schwedenheeres*. Als ersterer steh' ich Euch zu jedem Dienste bereit; als letzterer ersuche ich Euch um einen Dienst, den Ihr mir nicht abschlagen werdet, wenn Ihr bedenkt, daß ich da bitte, wo ich befehlen kann!«

»Es gibt ein Gebiet im Menschenherzen,« versetzte *Eleonora* mit stolzer Ruhe, »über das niemand befehlen kann, als Gott; Euch zu dienen, soll mir zum Troste in meiner bedrängten Lage gereichen!«

»Erlaubt,« sprach *Torstensohn*, sie sanft am Arme fassend, »daß ich Euch den Stuhl zum Tische rücke. Hier ist Tinte, Papier und Feder. Der Dienst, um den ich Euch bitte, kann Euch nicht schwer fallen, – es ist ein Brief an Euren ehrenwerten Eheherrn.«

Ein eisiges Frösteln durchzuckte *Eleonoras* Glieder; sie sah ein, daß sie recht geahnt.

»Schreibt ihm,« fuhr der Feldherr fort, »was Euch das Herz eingibt, was Euch gut dünkt; nur gestattet mir, daß ich Euch ein Postskript in Eurem Namen in die Feder diktiere, des Inhaltes: daß Euer Herr Gemahl in Anbetracht der Umstände und mit Rücksichtsnahme auf Euch und die Genossinnen Eurer Gefangenschaft uns nicht länger hinhalte, sondern eine ehrenvolle Kapitulation vergeblichem Widerstande vorziehe!«

»Verzeiht, Herr General,« entgegnete die Gefangene mit Festigkeit, »ich danke Euch für Euren Antrag herzlich; aber um des Postskriptes willen muß ich auf das Labsal des Briefes verzichten. *Miniatis* Gattin schreibt nichts, was ihr Gatte nicht lesen darf!«

»Ihr werdet es bereuen!« fuhr *Torstensohn* auf, »wenn Ihr nicht schreibt!«

»Ich würde es auch bereuen, wenn ich schriebe. Welche Reue ehrenvoller sei, mögt Ihr selbst entscheiden.«

»Euer Schicksal liegt in meiner Hand!«

»Doch nicht das Schicksal einer Stadt, gegen welches das meinige als Null verschwindet.«

»Ihr irrt; wenn etwas die Stadt vor einer traurigen Katastrophe bewahren kann, so ist es dieselbe Handlung, die auch Eure Gefangenschaft aufhebt.«

»Wo *Torstensohn* von Zugestehungen spricht, dort fürchtet er den Widerstand; wo *Torstensohn* einen Widerstand zu fürchten hat, dort wäre es Verrat, Zugestehungen zu machen. Ich zweifelte früher, ob *Olmütz* sich halten könne; da aber Ihr es entwaffnen wollt, so hoffe ich, daß es die Waffen nicht umsonst gebrauchen werde.«

Diese Wendung gefiel dem *Schweden*, und er konnte der Standhaftigkeit *Eleonoras* nur gerechte Anerkennung zollen. Die Notwendigkeit aber gebot ihm, das Äußerste zu versuchen.

»Ihr wollt also nicht schreiben?« begann er wieder kalt und ernst.

»Ich darf nicht!« war *Eleonoras* Antwort, »die Ehre verbietet es mir.«

»Und was würde die Ehre dazu sagen, wenn ich Euch und die Frauen der *Olmützer* Ratsherren, die mit Euch gleiches Los teilen, ins Lager führen, und durch einen Herold verkünden ließe: Soldaten, da ist gute Ware für Euch angekommen; Euer Feldherr schickt Euch hier zum Lohne für Eure Tapferkeit einmal einen Stoff zur Kurzweil und zum Vergnügen. Tut, was Ihr wollt; Verantwortung habt Ihr keine! – Was würde Eure Ehre dazu sagen?«

Eleonora wechselte die Farbe: bei dieser Schilderung verlor sie die Fassung, hielte sich nur mit Mühe aufrecht und fragte mit tonloser Stimme: »*Torstensohn!* ist das Euer Ernst?«

»Mein Ernst nicht,« erwiderte der Schwede lächelnd, »*Torstensohns* Ernst nicht! Aber der unwiderrufliche Entschluß des Generalfeldmarschalls, der um und in *Olmütz* nicht unnütz Blut vergießen will!«

»So sagt, was ich schreiben soll!« erwiderte *Eleonora*, zum Tische wankend, und setzte, nachdem ihr der Schwede den Stuhl zurechtgerückt, unter einem tiefen Seufzer, mit tränenfeuchtem Auge gegen Himmel starrend, die Feder an.

»Teurer Gemahl!« diktierte *Torstensohn*, »deine unglückliche *Eleonora* schmachtet, so wie die Frauen der beiden Ratsherren *Schwonauer* und *Kaufmann*, in schwedischer Gefangenschaft. Rette mich, denn *Torstensohn,* der Unfreundliche,« hier nahm er lächelnd eine Prise,»hat fest beschlossen, wenn *Olmütz* binnen achtundvierzig Stunden nicht in seinen Händen ist, uns der Willkür seiner Soldateska preiszugeben. Was du für deine, dich so innig liebende Gattin tun sollst, brauche ich dir wohl nicht zu sagen. Übergibst du die Stadt, so sind wir frei. *Eleonora.*«

Unter häufigem Schluchzen vollendete *Eleonora* das Schreiben. Es war ihr, als unterschriebe sie das Todesurteil ihres Gatten. Kraftlos sank sie in den Stuhl zurück und verbarg, während *Torstensohn* den Brief wohlgefällig zusammenfaltete, ihr Gesicht in die Hände.

»Faßt Euch, edle Frau!« begann nun der Feldherr,»gegen die Notwendigkeit zu kämpfen ist Unklugheit, und Ihr seid nicht minder klug als schön. Ihr habt mir einen großen Dienst erwiesen, bei welchem ich nichts bedaure, als daß ich Euch durch Drohungen abnötigen mußte, was ich mir lieber erschmeichelt hätte. Zürnet dem *Torstensohn* nicht, weil er dem Generalfeldmarschall wich. Wenn ich durch irgend etwas das Bild des unfreundlichen Schweden verlöschen könnte, so würde es mir zur frohesten Beruhigung gereichen. Pflegt nun Eurer Ruhe! sucht Euch zu trösten, und denkt: Eine feste Burg ist unser Gott, eine sichre Wehr und Waffen!«

Schweigend nahm *Eleonora* des Feldherrn artige Reden und wohlgemeinte Trostgründe hin und begab sich, von ihm selbst gestützt, in ihre Zelle, wo sie der alte Vogt *Paulin* mit banger Besorgnis erwartete. Diesem übergab sie *Torstensohn* mit dem Auftrage, sein Möglichstes zu ihrer Aufheiterung beizutragen.

»Ihr seid so guter Laune,« sprach er im Abgehen,»macht sie bei dieser würdigen Dame geltend. Ich beneide Euch um das Glück, Euch an Ihrer lieblichen Gegenwart weiden und die Tränen so schöner Augen trocknen zu dürfen. Aber ehern ist des Kriegers Los, und seine Tritte sind für Blumen dieser Art viel zu plump und unbehilflich.«

Kaum hatte er die Zelle verlassen, als *Eleonora* dem Vogte alles, was vorgefallen war, weinend gestand und ihn bei allem, was dem Christen teuer ist, beschwor, auf ein Mittel zur Flucht zu denken.

»Qui vult finem, debet velle media!« rief *Paulin* freudig,»das heißt auf deutsch, man soll in der Not den Kopf nicht verlieren. Ich war nahe daran; aber ich fühl's, daß ich ihn noch habe. – Ja – Flucht, gnädige Frau, Flucht, das ist das rechte Wort, jetzt hab' ich Euch, wo ich wollte. Ich habe mich im Kloster umgesehen, und an dem Kellermeister einen Praktikus gefunden, dessen Rat nicht mit Gold zu bezahlen ist. Aus dem Keller führt ein geheimer Gang ins Freie. Heute nacht, wenn alles ruhig ist, hole ich Euch ab; *Konrad* gibt mir den Schlüssel. Wir müssen fort, denn wenn auch *Miniati* die Stadt übergibt, so sind wir doch nicht frei; man wird uns zur Erzwingung weiterer Zugestehungen aufbewahren. Undankbar ist's freilich gegen *Torstensohn*, ihm für seine Großmut so zu lohnen: aber der Vogel, der nicht davonfliegt, wenn man ihm den Käfig offen läßt, ist ein Gimpel, und dafür soll mich der gute *Torstensohn* nicht halten!«

Alles war verabredet, und in ungestümer Erwartung sahen beide der Nacht entgegen. *Torstensohn* hatte indes *Eleonoras* Brief bestellen lassen. *Miniati* war der Verzweiflung nahe; hier rief ihm die Liebe zu, dort drohte die Pflicht; dazu kam sein noch immer schwankendes Vertrauen auf die Ausdauer der Besatzung. Niemand wußte noch etwas Bestimmtes von der Botschaft aus Feindeshänden; man schloß nur daraus, daß sie arg gewesen sein mußte, weil sich *Miniati* über zwei Stunden mit *Schwonauer* und *Kaufmann* in sein Kabinett einschloß, und bald auch die übrigen Vorsteher der Stadtkorporationen zu sich berufen ließ. Eben als man so leidenschaftlich für und gegen die Übergabe eiferte, begann das Feuer der *Schweden* vom neuen, und die schweren Eisenkugeln, welche auf das Pflaster niederschmetterten, übten einen größern Einfluß, als alle Vorstellungen des Obersten. Plötzlich schlug ein mächtiger Steinregen, aus den schwedischen Mörsern auf das Dach des Pulverturms gehagelt, Sparren und Gewölbe durch, und mit Donnergeprassel flog aller Vorrat, der hier zurückgelegt war, wie aus dem Krater eines Vulkanes, sausend in die Luft. Jammer und Geschrei der Verwundeten und Beschädigten scholl von allen Seiten, Verwirrung und Entsetzen ergriff jung und alt, und mit Schaudern schloß man aus diesem ersten unheilvollen Vorspiele auf die Szenen des nahen Trauerspieles. Die Gelegenheit, einen Vorschlag zur Übergabe zu machen, schien nun gekommen; die beteiligten Ratsherren halfen mit, und so ward denn endlich beschlossen, am andern Morgen eine Deputation angesehener Bürger und Wortführer aus allen Klassen der Bevölkerung an *Torstensohn* abzusenden.

5.

Die Anker auf! Stecht in die See! Glück zu!
Doch mir ist bang dabei, verzeih mir's Gott!

Ben. Johnson.

Die Nacht war rabenfinster, mondlos starrte der Himmel herab, und nur hier und da blickte durch zerrissene Wolken ein Stern. Nur einzelne Schüsse, gleichsam Nachzügler des ziemlich starken Kugeldetachements, welches die *Schweden* den ganzen Nachmittag über nach *Olmütz* gesendet hatten, erleuchteten das Dunkel, und zahlreiche Wachfeuer zeigten, wie weit im Umkreise das Heer der Belagerer sich ausbreitete. Alles war im Kloster still geworden; die Anstrengungen des Tages hatten Müdigkeit und Schlummer bewirkt, und der günstige Augenblick zur Flucht schien gekommen.

Da schlich sich *Paulin* aus seiner Kammer, nachdem er sich unter Beihilfe des wackeren Kellermeisters, so gut es in der Eile ging, mit Proviant und selbst mit Waffen versehen, steckte den Kellerschlüssel zu sich, den er schon am Abende mit der Weisung erhalten hatte, ihn zu behalten und hinter sich von innen abzuschließen, indem noch ein zweiter vorhanden wäre, und eilte so leise, als ob er die Schuhe mit Filz besohlt hätte, mit einer Blendlaterne unter dem Mantel, zu *Eleonoras* Gemach.

Er fand sie gefaßt und gerüstet zur gefahrvollen Reise, und nach einem kurzen, aber herzlichen Gebete stiegen sie vorsichtig und langsam die Treppen hinab. Unbemerkt an der Schlafzelle manches Schwedenhauptmanns vorüber, gelangten sie zur Kellerpforte, welche *Paulin* ebenso schnell wieder hinter sich abgeschlossen als geöffnet hatte. So war jeder Verdacht von den armen Klosterbewohnern entfernt, denen *Torstensohn* dieses Werk der Barmherzigkeit gewiß übel vergolten hätte.

Schauerlich hallte der Fußtritt durch den feuchten, halbleeren Keller, von dessen Wänden einzelne Tropfen eintönig herabsickerten. In der Ecke lag das bezeichnete Faß. Mit Mühe zwängte sich der Vogt hinter demselben zur Mauer durch und schob das Brett zurück, welches, wie zufällig hingelehnt, nichts weniger als einen

Ausgang ins Freie vermuten ließ. Fröstelnd folgte *Eleonora* ihrem Führer, welcher selbst, nur der mündlichen Weisung des Kellermeisters gedenk, mühsam durch den schmalen Gang sich fortwand. Wie Kristalle funkelte der Salpeterreif in den Ritzen des bröckelnden Gemäuers; aufgeschreckte Molche huschten über den Weg, und wie Erdbebenstöße dröhnten die einzelnen Mörserschüsse von außen im Innern des schauerlichen Gewölbes wieder. Schwere Stickluft hemmte den Atem und verkleinerte das Licht der Laterne zum blaßroten Funken; an manchen Stellen mußten sie fast am Boden hinkriechen; an manchen wünschte der Vogt sich zerteilen zu können, aber der Drang der Gefahr half überall aus. Plötzlich senkte sich der Gang steil über stufenähnliche Vorsprünge abwärts, und eben seufzte *Paulin* bänglich auf, als frischere Luft ihnen entgegenwehte, und ein nahes Rieseln an ihr Ohr schlug.

»Gott sei Dank!« rief der Vogt, »wir sind im Freien, das ist das Bächlein hinter dem Klostergarten; der Herr verläßt die Seinen nicht!«

Tief aufatmend standen sie unter Gottes Himmel, und tröstend schimmerte ihnen ein Stern aus stockigem Gewölke entgegen. Sie hatten das Hauptquartier samt seinen Wachposten im Rücken. Nur etwa hundert Schritte weit loderte das äußerste Feuer, an welchem ein schwedischer Soldat stand. Ängstlich schrak *Eleonora* zusammen, als sie seiner ansichtig wurde.

»Tut nichts!« beruhigte sie ihr Führer, »sehen wird er uns, das weiß ich, denn die Kerle haben Luchsaugen, aber auch dafür ist gesorgt. Ich habe das Losungswort ausgekundschaftet!«

»Losung!« rief der Soldat, als eben *Paulin* mit seiner Begleitung über das Bächlein setzte. »*Seeblat!*« entgegnete der Vogt mit fester Stimme. »Vorbei!« brummte der Soldat beruhigt, seine Büchse absetzend, aus Achtung vor *Torstensohns* altem Familiennamen, welcher für den Tag Parole war. Auf dem nächsten Hügel besah sich *Paulin*, so gut man es bei Nacht kann, das Terrain, um den weiteren Operations-Plan zu entwerfen. Nach *Olmütz* zu gelangen war unmöglich. Auf der Südseite, als dem einzigen Höhenpunkte, von welchem aus man die Stadt bestreichen konnte, standen die feindlichen Batterien. Nordwärts breitete sich das Lager mit seinen gegen die beiden Flügel weit hinausgeschobenen Wachfeuern aus. Zudem war die Nacht zu finster, um der Richtung gewiß sein zu können. Es blieb ihnen also nichts übrig, als dem nahen Walde zuzueilen, um in seinem Dickicht den Morgen abzuwarten. Kaum hatten sie sein undurchdringliches Obdach erreicht und einen hohlen Baum zu ihrem Zufluchtsorte gewählt, als das Glöcklein des Klosters anschlug.

»Da hat man's!« rief der Vogt, »was gilt's, die haben unsere Flucht bereits bemerkt und machen sich die vergebliche Unterhaltung, uns zu suchen. Ja, die wird ihnen wohl ein Rätsel bleiben, zu welchem ich allein hier den Schlüssel habe, den ich diesem Baume als Pfand meines Dankes zurücklassen will! Fort aber müssen wir jetzt gute Frau, fort, solang Euch die Beine tragen! Zum Glücke kenne ich mich hier im Walde gut aus. Hab' als Studiosus manchem Hasen bei diesem Baume das Lebenslichtlein ausgeblasen Ich will statt des Kerzleins mein Gedächtnis in die Laterne stecken!«

Ohne zu rasten eilten sie fort durch den Wald und mochten wohl manche Stunde bereits im Dunkel der Nacht zurückgelegt haben.

Endlich graute der Tag; ein kleines Viertelstündchen wanderten sie noch weiter, als ein näher und näher polterndes Geroll an ihr Ohr schlug. Erschrocken sprangen sie hinter einen Baum, aber zu ihrer großen Freude war es niemand anderer, als ein argloser Wallache, welcher mit leerem Fuhrwerke wohlgemut durch den Wald fuhr.

»Wohin, Freund!« rief ihm der Vogt in slawischer Sprache zu, »vielleicht haben wir einen Weg?«

»Nach *Messeritsch!*« antwortete der Fuhrmann in seiner Mundart.

Paulin, sonst eben kein Schwärmer, hielt sich nur mit Mühe zurück, den schlichten Gebirgsbewohner vom Wagen zu reißen, um ihn ans Herz zu drücken. *Eleonora* bemerkte diese Aufwallung gar wohl und schöpfte neue Hoffnung.

»Nimm uns mit!« sprach der Vogt zum Wallachen, welcher freundlich den breiten Hut rückte, »wir sind Flüchtlinge; führ uns bis an den Fuß deiner Berge! du sollst es nicht umsonst tun; mein Säbel oder mein Rosenkranz sei dein Lohn! Was du lieber willst.«

Lächelnd blickte der Bauer auf den elfenbeinernen, mit Silber eingelegten Rosenkranz und bemerkte ganz aufrichtig: »Den Rosenkranz trag' ich im Herzen; den Säbel, glaub' ich, dürfen wir bald besser brauchen können!«

Der Handel war bald geschlossen, und der günstigen Gelegenheit froh, rollten sie den Bergen zu, welche sich von der Ostgrenze *Mährens* gegen *Ungarn* zu weit ins Land hereinverzweigen.

»Dort,« sprach der greise Vogt, »bietet jede Sennhütte uns ein Asyl dar, und wir können mindestens sicher abwarten, was da kommen werde.« *Eleonora* fügte sich mit christlicher Ergebung in alles.

Was sie am Wege von ihrem Fuhrmanne erforschten, war so viel, daß er eine Ladung Käse nach *Olmütz* an den Kaufmann *Schmidt* zu liefern hätte, welcher überhaupt große Bestellungen auf Lebensmittel aller Art im Gebirge gemacht hatte, um, falls der Feind die Stadt überkäme, damit seinen Gewinn zu suchen. Diesmal seien aber die Schweden Vorkäufer, und zu seiner großen Verwunderung, redliche Zahler gewesen. Überhaupt wäre es das beste, wenn man ihnen ein freundliches Gesicht zeigte, sonst käme noch Not und Jammer übers Land.

Nachdem sie längs der *Beczwa* den ganzen Tag über fortgerollt, kamen sie am Fuße des Gebirges an, dessen Wälder, Alpenweiden und Sennhütten ihnen zur Herberge dienen sollten. Hier nahmen sie von ihrem Fuhrmann Abschied, welchem der Vogt seinen Säbel zum Lohne gab, und schlugen, der Weisung folgend, die sie von jenem Sohne dieser Höhen erhalten hatten, den nächsten Gebirgspfad ein. Sie waren nicht lange gestiegen, als sie in ein Kesseltal hinabblickten, dessen Mitte eine jener einfachen Hütten einnahm, welche man in dieser Gegend Sallaschen nennt. Schon zeigte sich allenthalben die Spur veränderter Kultur und Gesittung. In diesen riesig hohen Gebirgen mit ihren Tälern und Vorhügeln wohnte, gleich den Hirtenvölkern der Schweiz und Tirols, jener durch Tracht und Lebensart, Sprache und Charakter verschiedene Nachwuchs der altslawischen Einwohner, die Gewohnheiten, Tugenden und Fehler seiner Väter bewahrend. Abgehärtet, tätig, genügsam, gingen sie ihrer Beschäftigung nach, weilten im Sommer auf den Bergtriften mit ihren Herden, bereiteten Käse, verfertigten allerlei künstliches Geräte und würzten sich ihre Festtage durch Spiel, Gesang und Tanz.

Mutvoll und treu, gastlich und teilnehmend wußten sie den Fremdling, der sich in ihren Schutz begab, ebenso tapfer zu verteidigen, als sie ihn mitleidvoll aufnahmen. Dagegen war ihre Leidenschaftlichkeit leicht gereizt, und nach Umständen nicht minder wild als sanft, neigten sie sich gewöhnlich, von einem Äußersten zum andern überspringend, zur Meinung dessen hin, der ihrer regen Einbildungskraft am beredtesten beizukommen wußte.

Paulin bat jetzt seine Begleiterin, des längern Marsches nicht überdrüssig zu werden und der entlegenen Höhe zuzupilgern, wo sich die ursprüngliche Sittenreinheit und natürliche Einfalt gewiß noch freier vom Meinungskampfe erhalten hätte. *Eleonora* billigte seinen Vorschlag ohne Widerrede, und gestärkt durch eine kurze Ruhe traten sie ihre Wanderung von neuem an.

6.

Euch ist kein Maß und Ziel gesetzt,
Bekomm euch wohl, was euch ergötzt.

Goethe.

Die Nebel senkten sich, vergoldet stiegen die Kuppen der Berge hinan und ragten scharf abgegrenzt in das freundliche Blau des Himmels.

Vor den Flüchtigen stand ein kegelförmiger Hügel, von frischem Laubholz unterwachsen, auf dessen üppig grüner Spitze ein großes Bauernhaus mit weitläufigen Nebengebäuden stand. Ringsherum dehnten sich in geräumiger Umfriedung wohlbestellte Felder aus, und seitwärts lief eine lange, mit malerisch gruppierten Büschen besetzte Weide bis zum Gipfel einer steilen Berghöhe hinan, auf deren Schneide eine große Sallasche sichtbar wurde. Alles verkündete den Wohlstand des Besitzers. Hier beschloß der Vogt einzusprechen. »Wir haben heute Sonntag,« rief er, »am Tage des Herrn wird der Herr die Seinigen nicht verlassen!«

Sie waren kaum den Hügel zur Hälfte hinangestiegen, als sie ein Mädchen vor dem Hause gewahr wurden. Mit leichterem Herzen schritten sie auf die Dirne zu, welche, als sie die Fremden bemerkte, stehen blieb, und sie verwundert auf sich zukommen ließ.

Es war ein allerliebstes Kind von etwa sechzehn Jahren, im vollsten Sonntagsstaate. Ein rundes, blühendes Gesichtchen, dessen zartes Wangenrot von der rauhen Gebirgsluft und der näheren Sonne wenig gelitten hatte, blickte ihnen mit dem Ausdrucke der lieblichsten Sanftmut entgegen. Große dunkle Augen sprachen von lebhaftem Geiste und warmem Herzen. Das schwarze Haar, über der Stirne zierlich gescheitelt, lief rückwärts in zwei lange, dichte Zöpfe aus, welche, an beiden Enden mit hellroten Bändern durchflochten, über die Achseln bis über den vollen Busen herabhingen. Ein blendend weißes Hemd vom Halse bis zum flimmernden Gürtel von Silberblech, der es um die schlanken Hüften zusammenhielt, in zahlreiche Falten gebrochen, berührte mit seinem Saume die runden Waden. Rote Strümpfe umschlossen, in tausend Fältchen gelegt, den Fuß, welcher vom Knöchel an in neue Stiefelchen aus rohem Kalbleder gepreßt war. Die ganze Gestalt erweckte fröhliches Zutrauen. Der Vogt zögerte daher nicht, sein Anliegen in der Mundart dieses Bergvolkes anzubringen; und seine Bitte fand die freundlichste Erwiderung. Erfrischungen waren das erste, was die liebliche *Nika*, so nannte sich das Mädchen, den Ermüdeten unter dem Schatten einer breitästigen Buche anbot. Bald erfuhren sie alles, was ihnen zu wissen lieb war.

Die schöne Besitzung, wohl die ausgedehnteste und reichste im ganzen Bezirke, gehörte dem bejahrten Vater des Mädchens, dem Hirten *Roman*, welcher in der Gemeinde als Ältester eine Art von Hauptmannswürde bekleidete und hohes Ansehen genoß. Als Hausgenossen nannte die schöne *Nika*, nicht ohne leises Erröten, einen jungen Mann, *Kovacz*, welchen ihr Vater vor ein paar Jahren zu sich genommen und seither als Sohn behandelt habe, einen kühnen, schönen und gewandten Hirten, dem es keiner im Gebirge zuvortun könne. Beide, sagte das Mädchen, seien am Morgen ausgegangen, würden aber noch vor Mittag, von den Nachbarn begleitet, zurückkommen, um sich im Freien vor dem Hause des Mahles und heiterer Gespräche zu erfreuen. Das hätte aber nichts zu sagen, so viel Recht im Hause habe auch die kleine *Nika*, um Notleidende ohne vorläufige Anfrage aufzunehmen und zu beherbergen.

Eleonora konnte sich nicht satt weiden an der natürlichen Anmut des holden Kindes. Vorzüglich entzückt war sie aber, als sie erfuhr, daß *Nika* auch der deutschen Sprache kundig sei. – Das alles, sagte sie mit unverkennbarer Aufwallung, habe sie dem klugen *Kovacz*, der es ihr beigebracht, zu verdanken, und durch seine Bemühung sei sie manches Liedchen in deutscher Mundart zu singen imstande, welches sie früher nur nach der Weise ihrer Väter vor sich hintrillerte. Er begleite ihren Gesang dann immer auf der Zither, die er vortrefflich spiele, und dabei werde er manchmal so ernst und sie so wehmütig gestimmt, daß beide weinen müßten.

»Auf der Zither?« wiederholte *Eleonora* fast unwillkürlich, und eine brennende Röte überflog ihr Antlitz, gleich dem Wiederschein einer Erinnerung. Der Vogt bemerkte es gar wohl und lächelte kopfschüttelnd, als ob auch ihm etwas beifiele. *Nikas* Gesprächigkeit verdrängte jedoch bald jeden Eindruck aus früherer Zeit, und ihr

Vorschlag, ob die Flüchtlinge nicht einbringen wollten, was sie durch mehr als eine schlaflose Nacht versäumt hätten, wurde dankbar angenommen. *Eleonora* wurde in *Nikas* Kammer untergebracht und dem Vogt des jungen Hirten Lager angewiesen. Beide versanken bald in tiefen, ungestörten Schlummer.

Indes kehrten *Roman* und *Kovacz* mit einer Anzahl rüstiger Hirten zurück.

»Wir haben Gäste bekommen!« rief *Nika* ihrem Vater zu und küßte ihm ehrerbietig die Hand.

»Gäste?« fragte *Kovacz*, sie sanft umschlingend und ihr einen brüderlichen Kuß auf die Stirne drückend.

»Flüchtlinge,« fuhr *Nika* fort, »die vor den *Schweden* sich zu retten suchten, denen *Olmütz* vielleicht jetzt schon übergeben ist, wie sie sagten.«

Die Hirten sahen einander bedenklich an. »Ein alter Mann,« erzählte *Nika* auf ihres Vaters Frage, »und eine schöne, wunderholde Frau. Die Frau habe ich in meine Kammer genommen. Dem dicken Herrn mit dem weißen Krauskopfe mußt wohl du Platz machen, lieber *Kovacz!*«

Wie ein Blitz zuckte es bei dieser Kunde über das Antlitz des jungen Hirten. Düster vor sich hinbrütend, strich er sich den langen, schwarzen Schnurrbart und rieb sich die Stirne, als ob er einen quälenden Gedanken verwischen wollte.

»Du wirst doch nicht böse sein, *Kovacz?*« schmeichelte ihm *Nika*, »ich will dir oben unter dem Dache ein Lager bereiten, gewiß nicht härter als das deinige. Ich konnte die arme Frau doch nicht wegweisen und ihren Begleiter auch nicht!«

»Wo sind die Fremden?« sprach *Roman*, seinen Pflegesohn scharf ins Auge fassend, während die übrigen Hirten, in angelegentliches Gespräch vertieft, beiseite traten.

»Sie haben zwei Nächte nicht geruht und schlafen jetzt,« erwiderte *Nika*, den noch immer stummen *Kovacz* besorgt anblickend; »ich dächte, du gönntest ihnen diese Erquickung!«

»Wie du willst,« erwiderte *Roman* sanftmütig, »ich übergebe sie deiner Obhut als Hauswirtin. Gastfreundlich war der Wallache von jeher; *Roman* wird keine Ausnahme machen. Bereite uns das Mahl. Und du, Sohn, – sei nicht so unwirsch! Mir scheint, dir steckt *Olmütz* im Kopfe. Der Kluge leiht aber nicht die Finger her, um anderen die Kastanien aus der Glut zu holen, du verstehst mich, denk' ich!«

Mit diesen Worten ging er in seine Stube. *Kovacz* aber blieb in sich versunken stehen, bis ihn die Hirten, hinzutretend, aus seinen Träumen weckten.

»*Kovacz*,« sprach der Rüstigste aus ihnen, ein Bursche wie eine Eiche, »hast du gehört? Wenn's wahr wäre, daß *Olmütz* über ist?«

»Was weiter?« murrte *Kovacz* finster.

»Was weiter?« entgegnete der andere. »Ei, hast du vergessen, was wir oft wollten? Wenn's wahr ist, daß *Olmütz* – Bruder – nun?«

»Laß mich, *Lasla*!« versetzte *Kovacz*, sich ungestüm losreißend, »ich weiß nicht, was ich denke, weiß nicht, was ich fühle. Über etwas muß ich erst im reinen sein, dann kann ich dir Rede stehen. Wenn das eine ist, dann – dann muß ich fort, nach *Olmütz*, wohin immer! Mögen sie mich totschießen oder köpfen oder spießen, gleichviel! dann bin ich bei euch!«

»Du bist ein sonderbarer Kauz!« meinte *Lasla*, »nun, es wird sich finden!« Und bald ward unter den Hirten wieder laut und heftig verhandelt.

Das Mittagsmahl wurde unter der großen Buche bereitet. Die Flüchtlinge schliefen fest. Kein Wunder! sie hatten seit einigen Tagen viel geduldet. *Roman* erschien, *Nika* an seiner Seite. Er sprach das Tischgebet, sie legte vor; die übrigen setzten sich wohlgemut umher, *Kovacz* blieb ernst und gedankenvoll.

Mitten im Mahle waren sie, als ein Hirte der unteren Gegend den Hügel heraufeilte.

»Das ist *Tona*!« riefen die Hirten. *Roman* blickte sie ernst an, aber alle stürzten dem Kommenden hastig entgegen.

»*Olmütz* ist über!« rief *Tona* von weitem, »der Kommandant hat kapituliert! Die *Schweden* sind Meister!«

Wildes Staunen malte sich auf den braunen Gesichtern der Gebirgsbewohner.

»Nun, *Kovacz?*« sprach *Lasla,* den Träumenden auf die Schulter klopfend, während *Roman* düster vor sich hinsah und *Nika* ihren Halbbruder mit ängstlicher Besorgnis betrachtete.

»Tut, was ihr wollt!« antwortete *Kovacz,* »mein Entschluß wankt noch. Erst muß ich wissen –.«

»Nun, wenn du nicht willst, so will ich!« rief *Lasla* laut, »jetzt gilt's! wir unterwerfen uns den *Schweden!* Sie sind Meister der Stadt, jetzt kann's nicht fehlen!«

Brausender Beifall scholl aus allen Kehlen; nur *Roman* schüttelte den Kopf, und *Kovacz* schwieg, von *Nikas* Armen wie bittend umschlungen.

Der Entschluß der Hirten stand fest, Sie wollten sich mit den *Schweden* als Freunde vereinigen.

Bald tönte das Hirtenhorn weithin durch die Alpen, und von allen Seiten ward es rege. *Roman,* als ältester der Gemeinde, eiferte dagegen, warnte vor den Folgen, schilderte ihnen deren unsichern Erfolg, die Unzuverlässigkeit der *Schweden,* die Ungewißheit des Loses, das sie gegen ihren ungestörten Frieden wählen wollten. Aber die Stimme der Vernunft, mit welcher der Alte eindringlich zu ihnen sprach, ward übertäubt von dem tollen Geschrei der Leidenschaft. Schon war eine Rotte von mehr als Hunderten vor seinem Hause versammelt, und alle riefen laut: »*Kovacz* solle ihr Anführer sein, da *Roman* abtrünnig geworden sei.« *Kovacz* aber stand noch stumm und unschlüssig, umschlungen von den zitternden Armen *Nikas,* auf deren tränenfeuchtem Antlitze sein starres Auge ruhte.

Da trat plötzlich der Vogt aus der Türe. Der wilde Lärm hatte ihn aufgeschreckt.

»Fort zum *Schwedenführer!*« schrie eben der Haufe wie wütend, als *Paulin* unter sie trat und fragte, was das zu bedeuten habe?

Kovacz blickte auf und verbarg sein Gesicht mit einem dumpfen Schrei an *Nikas* Busen.

»Fort nach *Olmütz,* zu den *Schweden!!*« tobten sie wieder, auf *Romans* Warnungen nicht achtend.

Da hielt sich *Paulin* nicht länger. »Was,« rief er außer sich, »abtrünnig wollt ihr werden? Ihr Söhne der Natur, ihr wackeren Bewohner der Alpenwelt, wollt eure lieben, heimischen Berge verlassen, um das Vaterland zu betrügen, um Unheil zu häufen auf euch und Fluch auf eure Kinder? – Schämt euch! Bei den Tönen der Heimatsprache, die ich zu euch spreche, sagt euch los von dem Geiste der Verführung, der euch umgarnen will! Bleibt, was ihr seid, Hirten der Alpen, Slawen und nicht Sklaven!«

Betroffen wichen sie zurück, *Roman* bat sie nochmals dringend. Aber *Lasla* drang wie ein Rasender auf *Paulin* ein, viele folgten seinem Beispiele, und ehe fünf Minuten vergingen, hatten sie den Vogt geknebelt und wie er sich auch sträubte, auf einen Esel gebunden, um ihn so ins Hauptquartier der *Schweden* zu führen.

»Nun, *Kovacz*, willst du noch nicht unser Führer sein?« rief *Lasla*, den Schweigenden aus *Nikas* Armen reißend.

Bewußtlos erhob der junge Hirte sein Haupt und wendete es der Türe des Hauses zu. Da trat *Eleonora*, durch das Toben der Anwesenden aus ihrem betäubenden Schlafe geweckt, in die Schwelle.

Sie erblickte die bewegte Schar bärtiger Hirten, *Paulins* Verhaftung, erblickte den zurückprallenden *Kovacz* und sank ohnmächtig zu Boden. Schreiend eilte *Nika* der Armen zu Hilfe.

»Ich bin euer Anführer!« schrie *Kovacz* wie sinnlos auf, rannte zu *Nika*, drückte der Weinenden mit den Worten: »Lebe wohl auf ewig!« einen glühenden Kuß auf den Nacken und riß einem der Hirten den Säbel aus der Hand.

Roman wollte ihn zurückhalten; aber aller Achtung vergessend, stieß ihn *Lasla* weg. Der Zug setzte sich in Bewegung und war, ehe *Roman*, *Nika* und *Eleonora* sich erholt hatten, im Talkessel verschwunden. Von ferne nur tönte noch ihr wildes Gejauchze und das Zithergeklimper der Musikanten empor, welche sich zu dem tollen Haufen gesellt hatten.

Der *Schwedenführer* staunte nicht wenig, als man ihm meldete, daß eine Schar seltsam gekleideter Bergbewohner unter Gesang und Musik bei den Vorposten angekommen sei, Lebensmittel in Menge mitgebracht habe und dem *Schwedenheere* sich anzuschließen wünsche. Da er ihnen jedoch nicht blindes Zutrauen schenken wollte, so ließ er ihnen im Lager vor der Stadt einstweilen einen Platz anweisen und ging selbst hinaus, um sie zu mustern. Kernfest und kräftig, gleich den Bäumen auf ihren Bergen, standen sie da; ihre weiten, bis zum Knöchel reichenden Linnenhosen, über welche, vom schwarzen Ledergurte gehalten, das Hemd wie ein Schurz herabhing, gaben ihnen eine Gleichmäßigkeit im Äußeren, die den Mangel der Uniformen hinlänglich ersetzte. Lichte Stiefel von ungefärbtem Leder, ein großer, runder Hut mit buntem, aus vielfarbiger Wolle zusammengedrehtem Bande um den Gupf, und ein Stock mit einer Hacke statt des Knopfes, bei ihnen Csakan genannt, vollendete den kriegerischen Auszug.

»Wer ist euer Führer?« fragte *Torstensohn* in deutscher Sprache, die rüstigen Söhne der Berge mit Wohlgefallen betrachtend.

»Ich, Feldherr!« antwortete *Kovacz* vortretend.

»Und hier, Feldherr,« fiel *Lasla* ein, »bringen wir dir gleich einen Gefangenen!«

Die Reihen öffneten sich, und der Vogt ward vor *Torstensohn* geführt.

»Unde venis, Pauline?« rief *Torstensohn* aus, in ein lautes Gelächter ausbrechend, desgleichen sich seine Soldaten gar nicht bei ihm zu erinnern wußten.

»Ex equo in asinum!«[3] antwortete *Paulinus* ganz kleinlaut, denn teils fürchtete er, diesmal nicht so glimpflich durchzukommen, teils besorgte er, *Torstensohn* könnte um *Eleonoras* Aufenthalt fragen und sich ihrer zum zweitenmal bemächtigen.

Dem Feldherrn kam aber eben die trübselige Miene des Vogts gar so lächerlich vor, daß er ihn, auf keine Vergeltung denkend, fragte: »Sagt mir nur selbst, Ihr Unruhstifter ohnegleichen, was ich mit Euch tun soll?«

»Wenn *Olmütz* sich noch hielte,« erwiderte *Paulin*, »so würde ich Euch selbst raten, knüpft den tollen Alten auf, sonst gibt er Euch noch ferner zu tun! – Da aber *Olmütz* über ist, ich als Soldat nichts

---

[3] Von einem Pferd auf einen Esel (vom Regen in die Traufe). – Das Zitat stammt aus Plautus' Aulularia (v. 235); zuerst griechisch bei Plato, Legg. III. 701.

mehr zu tun habe, so bitt' ich Euch, laßt mich auf meinen Lorbeern ausruhen!«

Torstensohn hatte, trotz des Streiches, den ihm *Paulin* früher auf empfindlichere Weise gespielt, doch so viel Vorliebe für den lustigen Vogt gefaßt, daß er ihm seinen zweiten unschädlicheren ohne langes Bedenken verzieh, zumal, da ihm als nunmehrigem Herrn von *Olmütz* auch die Klugheit riet, eines so allgemein beliebten Mannes zu schonen.

Doppelt froh, so durchgekommen und um *Eleonora* nicht gefragt worden zu sein, wanderte *Paulin*, von einigen Offizieren begleitet, zum Stadttore, wo ihn seine alten Freunde *Schwonauer, Kaufmann, Schmidt* und ein Schwarm von Bürgern, Studenten und Volk aus allen Klassen mit Jubel empfingen. Von ihnen erfuhr er, daß Oberst *Miniati* mit der ganzen Besatzung nach *Brünn* abgezogen sei und daß sich viele Familien an ihn angeschlossen. Er selbst wußte von seinem Schicksale nicht viel mehr zu erzählen, als daß er unter Teufel geraten zu sein glaubte und noch immer nichts vor sich sehe, als Pumphosen und Schnurrbärte.

Im Schwedenlager herrschte Lust und Freude; Tanz und Musik scholl allenthalben. Zu essen und zu trinken gab es vollauf; die Wallachen stimmten ihre Zithern und spielten, daß alle Füße in Bewegung gerieten. Die wallachischen Dirnen mit ihren glänzend schwarzen Haaren und Augen taten gegen die *Schweden* nicht allzuspröde, und ein tolles Leben war mit ihnen im Lager eingekehrt.

7.

Es ist mir so, als müßt' ich steigen
Hinunter in mein stilles Grab.

Uhland.

Im Gebirge war es still und öde geworden. *Roman* war fast verlassen von allen seinen Nachbarn; einige ältere ausgenommen, waren alle, vom Schwindelgeist ergriffen, dem Schwarme nachgestürmt. Dem redlichen alten Hirten gereichte es zum nicht geringen Troste, daß nicht auch *Nika* sich hinreißen ließ, um ihrem geliebten *Kovacz* zu folgen, welchem sie mit so inniger Zärtlichkeit seit seinem ersten Erscheinen in den Gebirgen zugetan war. Nur ihr kindliches Gemüt hielt sie davon zurück. Aber die Ruhe ihres Herzens war verschwunden. Tränen füllten ihre schönen Augen, und wehmutsvoll hinüberstarrend nach Westen, saß sie vor der Sallasche auf der Berghöhe und sang manches wehmütige Lied, das *Kovacz* sie, nach der Melodie ihrer heimatlichen Gesänge, in deutscher Sprache singen gelehrt hatte.

Eleonora fand für ihren Schmerz in dem Schmerze ihrer Hauswirte ein tröstendes Echo. Sie hatte sich ihnen ohne Rückhalt entdeckt, und herzliches Mitleid lohnte sie für ihre Offenheit. Dagegen forschte sie nicht ohne besondere Teilnahme nach dem Schicksale des jungen *Kovacz*, dessen Erscheinung einen so gewaltigen Eindruck auf sie gemacht hatte. Die guten Leute wußten ihr aber selbst nicht viel mehr zu sagen, als daß er etwa vor zwei Jahren in der Tracht der Berghirten, wiewohl Spuren fremder Abkunft verratend, zu ihnen gekommen sei und Dienste verlangt habe. Sein einnehmendes Betragen, seine seltene Findigkeit, sein Mut und seine Klugheit haben ihn bald zum Lieblinge der Gemeinde gemacht und den alten *Roman* bewogen, ihn als Sohn zu halten und ihm, wenn es sich so geben sollte, einst seine teuere *Nika* ans Herz zu legen. Das habe sich denn wohl gegeben, und die jungen Leute seien wie Bruder und Schwester aneinander gegangen. Die letzte Szene aber habe alles umgeändert und den leidenschaftlichen *Kovacz* seiner Liebe und seiner Umgebung entfremdet. Möge der Himmel nicht rächen, was er in unerklärbarer Unbesonnenheit gesündigt.

Wenig befriedigt durch diese Auskunft, die *Eleonoras* Ahnung nicht beschwichtigen konnte, ließ es sich die herzensgute Frau nun um so mehr angelegen sein, die liebe *Nika* zu trösten und ihr die rührendsten Beweise warmen Dankes und freundschaftlicher Anhänglichkeit zu geben. Nichts verschwistert schneller als das Unglück; auch *Eleonora* und *Nika* standen sich nach wenigen Tagen als Freundinnen gegenüber.

Eines Morgens saß *Nika* vor ihrer Hülle und sang zur Zither mit wehmütiger Stimme ihr Lieblingslied:

Der Vogel im Busche,
Wie singt er so froh:
Bin leicht wie der Vogel,
Und singe nicht so!

Wie dreht sich im Bächlein
Der schimmernde Fisch:
War einst wie das Fischlein,
Bin nimmer so frisch!

Das macht wohl die Liebe,
Das macht wohl der Schmerz,
Der lähmt mir die Zunge,
Der lähmt mir das Herz!

Und lähmt er mir alles,
Ich will ihn nicht fern:
Die Liebe – mein Himmel,
Die Hoffnung – mein Stern!

Eleonora hatte die Singende belauscht. Wunderbare Erinnerungen zogen mit den Klängen des Liedes durch ihre Seele.

»Wer hat dich dies Lied gelehrt?« fragte sie tief ergriffen das Mädchen, das, mit Tränen in den Augen, die Zither sinken ließ.

»Wer sonst, als *Kovacz?*« erwiderte Nika tiefseufzend.

»Sonderbar!« sprach *Eleonora* in schmerzlicher Aufregung, und war eben im Begriffe, ihrer Freundin ein aufrichtiges Geständnis zu tun, als der alte *Roman*, der tags vorher ins Tal hinabgestiegen war, um Erkundigungen über seine Landsleute einzuziehen, mit traurigem Antlitze den Hügel heraufstieg.

»Du bringst nichts Gutes, Vater!« sagte *Nika*, ihm entgegeneilend, »ich lese es in deinen Runzeln.«

»Nein, wahrhaftig nicht!« erwiderte *Roman* niedergeschlagen und ernst; »der Satan ist los. Auch im Tale sind sie ausgezogen, der *Schwede* hat den Unsrigen ein Schloß zu stürmen angewiesen, und alles träumt schon vom Siege. Wenn's geschieht, dann geht erst der Tanz an. Ja, edle Frau, es tut mir leid, Euch es sagen zu müssen, aber ich fürchte, Ihr seid hier nicht lange mehr sicher. Der Wallache ist ein guter Mensch; aber in der Leidenschaft gleicht er dem wilden Pferd auf unseren Bergwiesen. Ward doch selbst ich mit scheelen Blicken und beißenden Reden von manchem Landsmanne empfangen, der sonst auf mein Wort etwas hielt. Wenn sie, von eitlem Ruhme berauscht, zurückstürmen und Euch entdecken, so dürfte mein Haus Euch wenig Schutz mehr bieten. Darum, dächte ich, wäre jetzt die beste Gelegenheit, Euch in Sicherheit zu bringen. Meine *Nika* führt Euch auf Seitenwegen ins Lager der Kaiserlichen. Ich täte es selbst, aber ich kann im Augenblicke der Gefahr meine Wirtschaft nicht verlassen. Nehmt mir's nicht übel, edle Frau! Ich tue es, weil ich meine Wallachen und ihre Fehler kenne!«

Mit schwerem Herzen gab *Eleonora* den Bitten ihres edlen Wirtes endlich nach, und *Nika*, so leid es ihr auch tat, ihre kaum geworbene Freundin und Trösterin verlieren zu müssen, erbot sich ohne Zagen zu ihrer Rettung.

Schon am nächsten Morgen wurde, nach herzlichem und schmerzlichem Abschiede, die Wanderung angetreten. *Nika* fühlte sich ermutigt durch den Gedanken, einer Unglücklichen zu dienen. *Eleonora* belebte ihren Mut durch die ferne Hoffnung, im kaiserlichen Lager vielleicht etwas von ihrem Geliebten zu erfahren. Rüstig schritten sie vorwärts, niemand hielt sie an, denn Nika hatte aus Vorsicht auch *Eleonoras* schlanke Gestalt in die Tracht der Bergbewohnerinnen gehüllt; Wege und Stege kannte das Mädchen genau, und schon in der Abenddämmerung hatten sie die kaiserlichen

Vorposten, welche bis an die äußersten Grenzsteine des *Hochwalder-Bezirkes* hinausgeschoben waren, glücklich erreicht. Die Wachsamkeit der Soldaten kam ihrer Frage zuvor; man führte sie ohne Zögern in das Quartier des wackeren Generals *Buchheim*, unter dessen Kommando das Lager stand. Der tapfere Heerführer staunte nicht wenig, als *Eleonora* ihm ihre Verkleidung entdeckte und sich als *Miniatis* Gemahlin zu erkennen gab. Mit besorgter Teilnahme ließ er ihr das schönste Gemach in dem kleinen Gehöfte anweisen, welches er und sein Stab bewohnten, und gab ihr auf ausdrückliches Begehren die treue *Nika* zur Zimmergenossin, für deren ungefährdete Heimkunft er sein Ehrenwort als Pfand einsetzte.

Eleonoras erste Frage war, ob der General nichts von ihrem Gemahle wisse. Mit innigem Bedauern eröffnete ihr *Buchheim*, daß es ihm leid tue, ihr zum Empfange nichts Tröstliches hierüber sagen zu können. *Miniati* war bereits nach *Wien* abberufen worden, um sich wegen der Übergabe von *Olmütz* zu rechtfertigen, und man befürchtete um so mehr eine traurige Wendung, als andere Personen, welche während des letzten Ereignisses die zweideutigsten Rollen gespielt hatten, namentlich der Administrator *Stredele*, der nach seiner Auswechslung aus der *schwedischen* Gefangenschaft ebenfalls der Residenz zueilte, ihre eigene Sache durch *Miniatis* Verdunkelung zu heben suchten. *Eleonora* vernahm diese Botschaft mit heldenmütiger Fassung. Ihr Unglück hatte sie gegen das Traurigste gestählt und gerüstet. Ernst und schweigend ging sie, von *Nika* begleitet, in ihr Gemach, gab dieser mehr durch Blicke, Tränen und Küsse, als durch Worte ihren Dank und ihre Stimmung zu erkennen und erwartete lange umsonst den Schlaf, der ihr jedesmal nur schmerzliche Szenen vor das Auge der Seele führen konnte. Bei *Nika* tat die Jugend das ihrige; vor Müdigkeit schlummerte sie sanft ein, und das Bild des jungen Hirten schien sie im Traume zu umgaukeln, denn die lang wache *Eleonora* sah beim Scheine der Ampel ein harmloses Lächeln um ihre Lippen spielen.

Am andern Morgen galt es den Abschied von *Nika*, der holden Freundin, der engelgleichen Retterin: er war kurz, aber innig, ergreifend, herzzerreißend. Unter Schluchzen, das liebe weinende Kind mit Küssen bedeckend, schlang sich *Eleonora* ein diamantenes Kreuzlein, ein Brautgeschenk ihres Gatten, das sie versteckt auf dem Busen trug, vom Nacken und gab es ihrer jungen Schützerin zum Andenken, mit der Bitte, wenn sie je der einsamen Berge überdrüssig würde, zu ihr zu kommen und an ihrer Seite die Früchte des Dankes einzuernten, für welche ihr das Unglück jetzt nur Tränen gelassen habe. Der Worte nicht mächtig, riß sich *Nika* von ihr los und stieg, von zwei Offizieren des Generals begleitet, in *Buchheims* eigenen Wagen, welcher sie im Fluge den heimischen Bergen zutrug.

In der Zwischenzeit hatte die Affäre stattgefunden, in welcher *Nikas* Landleute unter Anführung ihres geliebten *Kovacz* sich *Torstensohns* Zutrauen erringen sollten. Es hatte das befestigte Dorf *Hombach* und das anstoßende, fast unüberwindliche Schloß *Hluboky* gegolten, in welchem viele Schätze als in sicherem Gewahrsam aufgehäuft lagen. Mit seltener Ausdauer und unerwarteter Unerschrockenheit kämpften die Wallachen und ließen den schwedischen Musketieren in nichts den Vorrang. Das Dorf war genommen, das Schloß erstürmt und geplündert. Berauscht vom Siegesjubel, belastet mit der unermeßlichen Beute, wollten die kühn gewordenen Sieger, ohne zu rasten, umkehren, um dem schwedischen Feldherrn sobald als möglich die Beweise ihrer Kampffähigkeit zu Füßen zu legen. Der schwedische Offizier, der das Detachement befehligte, widerriet es ihnen, indem sie auf dem Rückwege durch einen Hohlweg ziehen mußten, wohin sie kaum vor Anbruch der Nacht gelangen und leicht in einen Hinterhalt geraten könnten. Aber ihre Verwegenheit achtete auf keine Warnung, und singend, als ob sie von einer Hochzeit kämen, zogen sie des Weges einher. Der Offizier aber hatte recht gewarnt. Kaum waren sie nämlich zur bezeichneten Stelle gekommen, als ein von *Buchheim* im Eilmarsch abgesendetes Fähnlein wohlerfahrener und des Weges kundiger Soldaten sie überfiel, ihnen die schwere Beute abnahm und sie in solche Unordnung brachte, daß sie teils niedergestoßen, teils gefangen wurden und kaum mehr als dreißig nach *Olmütz* sich durchschlugen. Unter den Gefangenen befand sich auch *Kovacz*.

In *Buchheims* Lager hatte diese Nachricht allgemein Jubel verbreitet. Eine große Hoffnung der *Schweden* war durch diesen kühnen Handstreich zu nichts geworden; von Aufwiegelung der Gebirgsbewohner konnte nun weiter keine Rede mehr sein. Die Verirrten wurden gebunden, von einer starken Eskorte kaiserlicher Kerntruppen bewacht, ins Gebirge zurückgetrieben, um dort unter dem

Vorsitze des Grafen von *Rottal* vor einem Kriegsgerichte; im Angesichte ihrer Nachbarn und Landsleute, für ihren Abfall gebührend zu büßen. Nur *Kovacz, Lasla* und *Tona*, als die Rädelsführer, aus deren genauerer Inquirierung man wichtige Winke über eine mögliche weitere Verzweigung zu erhalten hoffte, hielt man zurück, um sie, nach gesäuberter Straße, nach *Brünn* abzuführen, wohin *Buchheim*, höheren Befehlen zufolge, seine Fähnlein ehestens zu konzentrieren beabsichtigte.

Der Anfang dazu wurde in wenigen Tagen gemacht. Die Hälfte der Besatzung des Lagers marschierte ab, um die Garnison von *Brünn* zu verstärken, welcher Stadt die *Schweden* mit ihrer Hauptmacht zuzogen, nachdem sie in *Olmütz* nur wenige Truppen zurückgelassen. Auch *Eleonora* wurde unter sicherer Bedeckung einstweilen dahin gebracht und der Obhut des dortigen Bürgermeisters anempfohlen, bis *Buchheim* selbst nachkäme, der die wallachischen Rädelsführer unter seiner eigenen Aufsicht, mit dem Reste der Lagertruppen in kürzester Frist hinzuführen, für ratsam erachtete.

8.

Wie nun? – Was ist's? – hab' ich, hat sie die Schuld?

Shakespeare..

Die Gebirge, in welchen es noch vor kurzem wie ausgestorben war, ertönten wieder von bewegtem Leben und bildeten den Schauplatz einer Schicksalswendung, welche man vor wenigen Wochen nicht hätte ahnen können. Aber dies bewegte Leben war kein freudiges, harmloses, wie ehedem an Festtagen und ländlichen Lustbarkeiten, sondern eine wechselnde Reihe bejammernswerter Vorfälle und leidenschaftlicher Nachspiele eines traurigen Ereignisses. Rauhe Krieger spielten nämlich in den Wohnungen der Hirten die Herren und ließen sich abmerken, daß sie zur Züchtigung und Zurechtweisung der Abtrünnigen gesendet worden waren. Das Recht der Wiedervergeltung ward ohne Schonung ausgeübt.

Wiewohl der unbeugsame Graf von *Rottal*, welcher seinen Auftrag mit aller Strenge vollzog, dem alten *Roman* nichts anhaben konnte, ja ihm sogar den größten Teil des herrnlos gewordenen Eigentums zusprach, so war der alte Hirt doch tief gebeugt, als er das Schicksal seines Pflegesohnes *Kovacz* erfuhr. Eine Fürbitte für ihn zu wagen, wäre besonders im Augenblicke der ersten Aufregung ebenso verfänglich als erfolglos gewesen. Aber *Nikas* Jammer ging ihm zu nahe, als daß er nach *Rottals* Abzug nicht an Versuche gedacht hätte, wenn auch nicht ihn zu retten, doch wenigstens das Leben ihm zu erbitten. Was aber konnte er beginnen, was sich erdenken? – Die ruchlose Tat war zu bekannt, zu unwiderlegbar, als daß sie sich hätte entschuldigen oder beschönigen lassen.

»Der ist für uns verloren,« rief er mit Tränen aus, seine schluchzende *Nika* ans Herz pressend. – »Nicht einmal etwas für ihn wagen können wir! Er ist für dich gestorben, Tochter!«

»Mein Vater!« schrie *Nika* verzweifelt auf, »ohne allen Versuch, ihn zu retten, gebe ich ihn nicht verloren. Ich will etwas für ihn wagen, ich muß! Er war ja mein, er ist es noch, wiewohl er mich verlassen hat, um ferner Verblendung zu folgen!«

»Du, Mädchen?« sprach *Roman* mitleidig lächelnd,»was willst du, schwaches Kind?«

»Hinab will ich,« erwiderte *Nika* mit dem Ausdrucke des festen Entschlusses,»hinab ins Lager, wohin ich die edle *Eleonora* führte! Vielleicht ist sie noch dort, vielleicht der gute General, der uns so liebevoll aufnahm; vielleicht erfahr' ich etwas von dem gutmütigen Vogte, den wir beherbergten. Solange noch ein Funke Hoffnung glimmt, geb' ich ihn nicht auf, meinen teueren *Kovacz!* Ich will bitten, weinen, auf den Knien flehen. Vielleicht gibt Gott meiner Liebe Kraft und meinen Worten Gewicht!«

»Nun – so zieh in Gottes Namen! Zieh mit meinem Segen,« rief *Roman*, ihr die Hände aufs Haupt legend,»nur bedenke, daß du mein einziges Kleinod bist, daß alle meine Herden, all' meine Felder, all' meine Weiden und Sallaschen nichts sind gegen dich, nichts ohne dich; daß es mein Tod wäre, wenn dir etwas geschähe! Gib acht, daß du nicht, bemüht, den Pflegesohn zu retten, mir die leibliche Tochter nimmst!«

Sich gewaltsam losreißend vom Herzen des Vaters, eilte *Nika* ohne Säumen auf den wohlbekannten Seitenwegen, auf welchen sie ihre Freundin geleitet hatte, dem *Hochwalder*bezirke zu. Dort angekommen, erfuhr sie, daß *Buchheim* am Vortage selbst mit den Gefangenen nach Brünn abgezogen sei. Zugleich sagte man ihr aber auch, daß die Schweden *Olmütz* so gut als geräumt hätten, um ihre Schar vor *Brünn* zu versammeln, und daß der Schirmvogt wohlbehalten zu *Olmütz* im Minoritenkloster schalte und walte, wie vor der Belagerung.

Von neuer Hoffnung gestärkt, begab sie sich daher nach *Olmütz*, um *Paulins* Beistand anzuflehen. Der Wackere war nicht wenig erfreut, seine liebe Wirtin in seine Stube treten und sich in die Lage versetzt zu sehen, ihr einen Beweis seines unerlöschlichen Dankes geben zu können. Unverweilt ließ er ein Fuhrwerk bereiten, um *Brünn* auf jener Straße, die vom Feinde frei geblieben war, in kürzester Frist mit ihr zu erreichen.

Todesschweiß trat auf *Nikas* Stirne, als sie von weitem die Giebel der Stadt und die mächtige Bergfeste erblickte, in deren Mauern das Schicksal ihres Geliebten vielleicht jetzt schon entschieden war. Sie hatte recht geahnt. Schon von den ersten kaiserlichen Posten, auf die sie stießen, erfuhren sie, die drei Rädelsführer: *Kovacz*, *Lasla* und *Tona* seien bereits am Abende vorher, letztere mit dem Strange vom Leben zum Tode befördert, ersterer aus besonderer Gnade des Generals durch Pulver und Blei gerichtet worden. Ohnmächtig sank *Nika* zurück, und der Vogt glaubte in der Tat schon, dem unglücklichen Vater eine Leiche heimsenden zu müssen. Aber das Herz ist stärker als das Unglück, – und auch *Nika* kehrte wieder in ein Leben zurück, welches für sie, von diesem Augenblicke an, allen Wert und Reiz verloren zu haben schien. Mit der Ruhe der Trostlosigkeit dankte sie dem Klostervogte für seinen Freundschaftsdienst, und fuhr, von ihm begleitet, auf den kürzesten Wegen ihren heimischen Bergen zu, um dort ihre Liebe in stiller Abgeschiedenheit zu begraben. Am Fuße des Gebirges nahm *Paulin* von ihr Abschied, gab ihr seinen Segen, und drückte ihr zum letzten Male die Hand, mit den herzlichen Worten: »Zieh hin in Frieden, gutes Kind! Der Herr prüft nur die, die er liebt! Mit dir ist der Herr! Und der Geist des Herrn sagt mir, daß ich dich im Leben noch einmal wiedersehen werde!«

Fast unterliegend unter der Last ihres Schmerzes, langte *Nika* vor der Hütte ihres Vaters an, welcher in der Freude, sie wieder zu haben, fast die Kunde von dem traurigen Lose seines Pflegesohnes überhörte. Gemeinschaftliche Trauer, Tätigkeit und Gottesfurcht milderten langsam die Tränen, die sie dem armen Opfer der Leidenschaften nachweinten.

Doch nicht nur *Nikas* und *Romans* Augen zollten ihm Tränen; auch *Eleonora* konnte sie ihm nicht versagen; denn vor seiner Hinrichtung gab es in *Brünn* noch eine Szene, die ihr bis zu ihrem Lebensende unvergeßlich blieb.

Eleonora befand sich eben in *Buchheims* Gemache, welcher sie nach seinem Einmarsche in *Brünn* unter seine unmittelbare Obhut genommen hatte, als *Kovacz* zum letzten Verhöre vorgeführt wurde. Er hatte bisher nicht eine Spur von Reue gezeigt, und wiewohl aus seinem ganzen Wesen ein Geist und eine Bildung sich kund gab, welche man von einem einfachen Sohne der Bergwelt nicht erwarten konnte, so war doch sein Trotz ärger und empörender, als der aller seiner Teilnehmer. *Buchheim* hatte ihm die letzte Frist gegönnt, und sich vorgenommen, ihm seine Strafe, wenn er so hartnäckig verbliebe, zum abschreckenden Exempel, so viel es ginge, zu verschärfen.

Eleonora wendete sich gerade der Türe zu, um den General, mit welchem sie in angelegentlichem Gespräche ihres Gatten wegen begriffen war, zu verlassen, als *Kovacz* hereingeführt wurde. Unwillkürlich fuhr sie zurück, als sie seiner ansichtig wurde; eine glühende Röte übergoß ihr Antlitz, und mit Mühe sich aufrecht haltend, wankte sie, seinen Blick vermeidend, an ihm vorüber, während *Kovacz*, bis ins Innerste erschüttert, ihr lange nachblickte und auf *Buchheims* wiederholte Fragen, wie in sich selbst versunken, stumm blieb. Endlich ermannte sich der Tiefergriffene und sprach mit einer Sanftmut, die den General an ihm befremdete:»Erlaubt mir, eh' ich dem Tode zuwandere, eine Frage, General! – War das wirklich *Eleonora, Miniatis* Gattin?«

»Sie ist's,« antwortete Buchheim gelassen, des Gefangenen Seelenkampf bemerkend.

»Gebt mir einen Priester bei!« rief *Kovacz* mit hervorstürzenden Tränen,»meine Rechnung ist abgeschlossen! Ich bin Urheber des Unheils, das mich und meine Mitschuldigen traf. Schont meines Pflegevaters *Roman*, der mich und alle warnte! Tröstet *Nika*, meine Braut, den Engel der Gebirge! Und mich henkt! Mein Vater wird sich trösten!«

Die Kraft des jungen Verbrechers war gebrochen. Weich und fügsam stand nun der junge Starrkopf, welcher vor kurzem noch so hartnäckig sich gezeigt hatte. Es konnte dem Generale nicht entgehen, daß diese plötzliche Veränderung in dem Betragen des Inquisiten dem Erscheinen *Eleonoras* zuzuschreiben sei, und er begab sich deshalb zu ihr, um sich von den Gründen einer solchen unerklärbaren Einwirkung selbst zu unterrichten. *Eleonora* kam seiner Frage zuvor und erkundigte sich, mit sichtbarer Ergriffenheit, um das Schicksal des Gefangenen. Als sie vernahm, daß er rettungslos verloren sei, erblaßte sie und hielt sich nur mit Mühe aufrecht.

»Mein Gott, was ist Euch?« fragte sie *Buchheim*, verwundert über diese Teilnahme.»Ist Euch denn der junge Verbrecher bekannt? Auch ihn hat Eure Gegenwart so plötzlich umgewandelt, daß er, welcher früher durch seine freche Kaltblütigkeit nur meinen gerechten Unwillen erregte, nun beinahe mein Mitleid durch seine Reue in Anspruch nimmt.«

»Nun laßt das Mitleid walten,« sprach *Eleonora* sich erholend, »er ist vielleicht nicht so böse, als er scheint. Ich kenne ihn,« setzte sie mit Wärme hinzu, »er ist der Pflegesohn des Hirten, welcher mich auf meiner Flucht in das Gebirge aufnahm, er ist der Bräutigam des holden Mädchens, das mich mit eigener Aufopferung in Euer Lager geleitet hat. Ich bin dieser Edlen meine Fürbitte für ein geliebtes Glied ihres Hauses schuldig, und es würde mir süßen Trost gewähren, wenn mein Flehen imstande wäre, sein trauriges Los auch nur in etwas zu mildern!«

»In etwas,« erwiderte *Buchheim*, den schönen Zug der Dankbarkeit mit Rührung würdigend, »in etwas kann ich es vielleicht. Sein Los bleibt Tod; das fordert das Gesetz. Das einzige, was ich für ihn tun darf, ist dieses, daß ich die ausgesprochene Hinrichtung in eine minder entehrende verwandle!«

»Habt Dank auch für diese kleine Begünstigung, welche das eherne Gesetz Euch verstattet!« sprach *Eleonora* mit erzwungener Fassung.

»Vielleicht könnt Ihr, edle Frau,« fuhr *Buchheim* fort, »auch diese kleine Begünstigung noch versüßen, wenn Ihr ihm gestattet, daß er Euch dafür selbst seinen Dank darbringe, und sich aus Euren mitleidvollen Blicken Mut zum Sterben hole.«

»Das kann ich ihm nicht gestatten,« versetzte *Eleonora*, »es würde mich zu tief ergreifen. Eine düstere Ahnung, als ob es nicht das letztemal in meinem Leben wäre, daß mir ein Verurteilter Tränen erpreßt, würde mich, ihm gegenüber, um alle meine Fassung bringen. Er hat ohne Segen gelebt, er sterbe mit Segen. Seine *Nika* soll mir vielleicht einst noch teurer werden, als sie ihm es war,.«

Bnchheim ehrte *Eleonoras* erbauungsvolle Teilnahme und geleitete sie auf ihr Zimmer mit der Bitte, es nicht zu verlassen, bis er ihr die Vollstreckung des Todesurteils habe melden lassen, dessen Milderung er, die edle Fürbitterin namentlich bezeichnend, alsogleich dem ausgesetzten Verbrecher mitteilen ließ.

Kovacz schien tief gerührt und bat um Schreibgeräte. Unter häufigen Tränen schrieb er, welchem man diese Kunst als schlichten

Hirten gar nicht zugetraut hätte. Wohl eine Stunde war er auf diese Weise beschäftigt, dann verbarg er den Brief, welchen er geschrieben, an seinem Herzen und verlangte nach dem Priester, mit welchem er sich bis gegen Abend eifrig besprach. Der fromme Mann staunte nicht wenig über die Bildung des armen Delinquenten, welcher mit jedem Worte sich höher über seine Geburt und seinen Stand zu erheben schien.

Endlich trat die Wache ein, um ihn zum Tode abzuholen. Gefaßt stand er auf, bat, sich auf die Knie niederlassend, den Pater um seinen Segen und sprach, ihm die Hand küssend, mit Nachdruck und Würde: »Amans, quid cupiat, scit, quid sapiat, non videt!«[4]

Höchlich befremdet starrte der Pater ihn an, seinen eigenen Ohren nicht trauend, und glaubte erst, als dieser ihn bat, den letzten Gang mit ihm zu tun, daß er noch den nämlichen vor sich habe.

Ehe sie gingen sprach er, indem er ihm den Brief übergab: »Ehrwürdiger Herr! Da es mir nicht gestattet wurde, der edlen Frau, die mir fürbat, mündlich zu danken, so tat ich es hier schriftlich. Gebt ihr den Brief, wenn ich gefallen bin – und betet für mich!«

Der Pater säumte nicht, den letzten Willen des rätselhaften Gerichteten ehrend, das Schreiben der edlen Fürbitterin einzuhändigen. Sie öffnete es zitternd. Ihre Ahnung hatte sie nicht getäuscht; der Inhalt des Briefes war folgender:

»Edle Frau!

Vor ungefähr drei Jahren kam ein wunderholdes Fräulein in *Olmütz* an, welches Wohlgefallen fand an dem Zitherspiele eines Studenten, und ihn zum Lehrer dung. Der Unglückliche verliebte sich in das Edelfräulein und legte ihre Herablassung, ihre Freundlichkeit, ihre Herzlichkeit falsch aus. Ein hoher Herr warb um das Fräulein. Der eitle Student wollte selbst der Braut nicht glauben, daß sie frei gewählt. Er wähnte sie unglücklich, weil er es war, und schwor ihrem Bräutigam Rache. Vorm Altare sollte ihn eine Kugel niederstrecken; der Frevel mißlang. Das Los des Studenten war geworfen. Als Verbrecher, geächtet von der Lieb' und vom Gesetze, floh er in

---

[4] Der Liebende weiß zwar, was er wünscht, aber er übersieht, was er weiß. (Publilius Syrus, Sententiae. v. 15).

der Tracht der Hirten ins Gebirge, und ward das, was man ihn scherzweise unter Brüdern oft gescholten. Er wollte rohe, wilde Herzen finden, um in Selbstverwilderung sein Leid zu vergessen, und fand gute, edle Herzen, fand einen Engel, Nika, in deren erster Liebe er seine zweite zur ersten machte. Nur manchmal zuckte der alte Rachegedanke wie Wetterleuchten über den Himmel seines neuen Glückes. Da kam der Krieg. Ein böser Geist flüsterte ihm vergeblich ins Ohr. Ein unheilvoller Augenblick änderte alles.

Die Frau, die er geliebt, die er noch stets unglücklich glaubte, erscheint vor seinen Augen im Momente der Entscheidung. Da erwacht seine Leidenschaft von neuem und wird zum Wahnsinne. Er hält es noch immer für möglich, sie zu erringen, und wäre es durch Mord, und wäre es durch ein gebrochenes Herz. Fort stürmt er, nichts hörend, nichts bedenkend. Ein gerechter Gott hinderte seinen zweiten Frevel. Er fällt als Opfer dem Gesetze anheim. Da bittet ihm die Edle, an der er sich so oft versündigt, voll Erbarmen für; – und er fällt, durchbohrt von der Kugel, endend seine Qual, beschließend sein verfehltes Leben. – Die Geschichte des Studenten ist zu Ende; er hieß *Valentin Schmidt*, slawisch *Kovacz*. Er hinterläßt einen Vater, der, wenn er seines Sohnes Ende hört, sagen wird: »Soll's haben! Hab' ihm immer gesagt: Bursche, du hast Kopf, wenn du ihn aber aufsetzest, so wirst du ihn verlieren! Jetzt hat er ihn verloren!« – Er hinterläßt ein gebrochenes Herz, das Herz der armen *Nika*, die er seiner edlen Fürbitterin anempfiehlt. Er nimmt mit sich in den Tod seine, in namenlosen heiligen Dank verwandelte Liebe zu *Eleonora*, die er bittet, daß sie für ihn beten möge, wie er noch sterbend für sie betet!«

Tieferschütternd war der Eindruck, den dieses Vermächtnis des Gerichteten auf *Eleonoras* gefühlvolles Herz machte. Sie konnte sich nicht verhehlen, daß es mehr als Mitleid sei, was sie empfand, – daß es Vorwurf, daß es Nachhall aus einer Zeit sei, wo sie mit ihrem Herzen vielleicht selbst nicht einig war. Die tiefste Trauer bemächtigte sich ihrer, und nur mit Mühe gewann sie es über sich, gegen *Buchheim* so viel von dem Inhalte des Briefes zu erwähnen, als hinreichte, um ihm ein Rätsel zu lösen, zu welchem er seit Tagen umsonst den Schlüssel gesucht hatte.

9.

– – – Ich wünschte
Dir etwas sein zu können, wenig nur,
Doch etwas, nicht in Worten, in der Tat
Wünscht' ich's zu sein.

Goethe.

Gegen Ende des Jahres 1642 nahmen die Angelegenheiten in *Mähren* eine andere Wendung. Dem schlauen, kriegserfahrenen *Torstensohn* schien es um *Olmütz* nur deshalb zu tun gewesen zu sein, um keine Festung von Wichtigkeit im Rücken zu haben, wenn er Front gegen Süden machen wollte. Nachdem er es daher ausgesogen und wie sich die Chronik ausdrückt, viel Kraut und Lot darin genommen hatte, begnügte er sich, die Hand darauf zu halten und richtete sein Augenmerk zunächst auf *Brünn*, wohin alles, was vor der Zeit noch entkommen konnte, zusammengeströmt, und der Reichtum von *Olmütz* sowohl, als den übrigen unbeschützten Teilen des Landes abgegangen war.

Aber die Kaiserlichen konnten es nicht länger ruhig ansehen, daß der Schwede sich im Herzen einer der gewerblichsten Provinzen des Landes breit mache, und schritten daher zur ernstlichen Abhilfe. Ehe die Feinde noch *Brünn* nachdrücklicher berennen konnten, rückte die kaiserliche Armee unter dem Erzherzoge *Leopold Wilhelm* und dem Generale *Piccolomini* mit solcher Sturmeseile vor, daß *Torstensohn* sich genötigt sah, seine Fähnlein zu sammeln, *Brünn* und *Olmütz* aufzugeben um die Grenze von *Schlesien* zu gewinnen. Nachdem er daselbst *Groß-Glogau* entsetzt hatte, marschierte er gegen *Meißen* an, den Plan zur Schlacht bei *Leipzig* entwerfend, welche am 2. November dieses Jahres wirklich geliefert wurde.

So war es in *Mähren* wieder ruhig geworden. Mut, Lebenslust und Gewerbtätigkeit kehrte unter die Einwohner zurück, und manche Wunde war eher vernarbt, als man es zu hoffen gewagt hätte.

Auch in den Gebirgen der Wallachen fing man an, die Nachwehen des bejammernswerten Zwischenspieles, welches diese Höhen aus ihrem ländlichen Frieden aufgeschreckt hatte, in tröstlicher Hoffnung auf eine bessere Zukunft geduldiger zu ertragen.

Die Geschichte von *Kovacz*, seiner Geburt, seiner Tat und seinem Ende war allgemein bekannt geworden, und sein Name ging von Mund zu Mund.

Nur *Nika* fand noch immer keine Ruhe. So oft sie den Namen *Kovacz* hörte, ging es ihr wie ein Dolchstich durchs Herz, und als die Blätter fielen, als der erste Schnee die Kuppen der Berge bedeckte und die Natur ihren Witwenschleier umwarf, da ward es ihr ganz unerträglich in der einsamen, öden Gebirgswelt. Eine unbezwingbare Sehnsucht trieb sie hinab zu ihrer edlen Freundin *Eleonora*, von deren fortwährendem Aufenthalt in *Brünn* sie durch Hirten, die ihren Käs' hin zu Kaufe führten, Kunde erhalten hatte. Sie wollte sie nur sehen, nur ihre Hand küssen, nur Trost sich holen aus ihren holden Augen, nur aus ihrem Munde etwas von den letzten Stunden ihres unvergeßlichen *Kovacz* hören.

Roman liebte seine arme *Nika* zu sehr, als daß er ihr diese Bitte verweigert hätte. So schwer es ihm auch fiel, sie selbst auf kurze Zeit nur zu entbehren, so sorgsam bereitete er alles vor, um ihre Reise diesmal gemächlicher einzurichten, als es in den Zeiten des Krieges geschehen konnte. Bis zum Fuße des Gebirges begleitete er sie selbst, dann übergab er sie der Obhut eines vertrauten Hirten, welcher sie auf seinem Fuhrwerke an das Ziel ihrer Sehnsucht bringen sollte.

Rührend war die Szene des Wiedersehens. Tränen der innigsten Freundschaft flossen, und herzliche Umarmungen wechselten mit zärtlichen Küssen. Erst als das Herz sich satt erquickt hatte, fand das Auge Zeit, den geliebten Gegenstand zu betrachten. Aber wie verändert fand *Nika* ihre teuere Freundin!

Die schöne, lebenskräftige Frau, deren Reize Gefangenschaft, Entbehrung, Flucht und Todesgefahr nicht zu entstellen vermochten, stand jetzt in Trauerkleidern vor ihr, blaß, abgehärmt, ein Bild des tiefsten Schmerzes. An ihrem Antlitze konnte man es abmerken, daß sie Witwe war.

Lange hielt die gebeugte Frau die arme *Nika* umschlungen, endlich fand sie Worte und klagte ihr das traurige Schicksal, durch welches sie Witwe geworden. – Gegenseitige Äußerungen des heftigsten Herzleides verschwisterten die beiden Gemüter noch inniger, und *Eleonora* versicherte das trostlose Hirtenmädchen ihrer unveränderlichen Freundschaft und ihres ewigen Schutzes.

Einige Tage lang ließ sie die Gute nicht von sich und versprach ihr endlich, als das Mädchen, seines Vaters eingedenk, sich zur Rückkehr ins Gebirge anschickte, im nächsten Frühjahre in *Romans* Hause für länger einzusprechen. Die Heimfahrt sollte über *Olmütz* stattfinden, bis wohin *Eleonora* mitzufahren gesonnen war, um in *Nikas* Gesellschaft den mutvollen, getreuen Freund *Paulin* aufzusuchen, und ihm für seine edle Aufopferung in den Tagen der Gefahr mit gerührtem Herzen zu danken.

Der wackere Vogt war innigst ergriffen, als er die beiden Reisenden eintreten sah, und schenkte ihrem gerechten Schmerze die wärmste Teilnahme. Sein herzlicher Trost blieb auch nicht ohne Wirkung, und mit erleichterter Brust verließen sie, von ihm begleitet, eine Stadt, an welche sich für alle so vielfache Erinnerungen knüpften. Zu spät erfuhren die Studenten, wer in ihrer Nähe gewesen; denn hätten sie erfahren, daß *Miniatis* Gemahlin, und ihres vielgeliebten *Schmidt* Braut in *Olmütz* sei, sie würden es sich nicht haben nehmen lassen, das hartgeprüfte Paar mit allen Mitteln, die ihnen zu Gebote standen, auszuzeichnen und ihm ihre Anhänglichkeit und Achtung auf eine begeisterte Weise zu bezeigen.

Daß es ihnen mit solchen Beweisen der Ergebung Ernst gewesen wäre, dafür bürgte die hohe Verehrung, mit welcher sie dem würdigen Schirmvogte allerorten begegneten.

Langsam schlich für *Nika* die traurige Winterszeit dahin; sie glaubte kaum, sie überdauern zu können.

Roman war höchst besorgt für das Leben seiner armen Tochter, deren Kräfte erst jetzt die Nachwehen des Sturmes empfanden, welchen sie, solang' er auf sie einbrach, mit heldenmütiger Standhaftigkeit ertragen hatte.

Aber die ersten Tage des Frühlings waren auch die ersten ihrer Genesung von einem langwierigen Krankenlager. Eine unerwartete Freude gab ihr die vorige Blüte wieder; es war *Eleonoras* Erscheinen. Ihrem Versprechen getreu, kam die besorgte Freundin an einem heiteren Maitage, von dem Vogte *Paulin* begleitet, in *Romans* Hause an und erklärte den überraschten Bewohnern, daß sie sich ganz vom Stadtleben losgesagt und fest beschlossen habe, den Rest ihrer Tage in *Nikas* Gesellschaft, umgeben von den Hirten der Bergwelt, zuzubringen. *Roman* stellte ihr, seine innige Herzenslust verleugnend, vor, wie schwer einer Dame, welche an die große Welt gewöhnt ist, die einförmige Zurückgezogenheit auf diesen abgeschiedenen Höhen fallen würde; aber *Eleonoras* Entschluß blieb fest, und die innigstgeliebte *Nika* in ihre Arme schließend, erklärte sie, daß nichts imstande wäre, sie von ihrem Vorhaben abzubringen. Mit dankbarer Rührung wurde sie in das Haus dieser guten Menschen aufgenommen und lebte ruhig, nach und nach ihre eigene Heiterkeit wiedergewinnend und sie auf *Nikas* empfängliche Seele überströmend, der Freundschaft, der Natur und der wehmütigen Erinnerung an überstandene Prüfungen. Alle Hirten gewannen sie lieb, und unablässig suchte sie durch ihr Vermögen und ihre Überredungsgabe, unterstützt von *Paulin*, der bis an sein Lebensende ihr Freund und Ratgeber blieb, den Wohlstand der Gebirgssöhne zu befördern, jeden Nachhall der stattgehabten Verirrungen zu tilgen, und die Herzen ihrer Umgebung durch freundliche Hinweisung auf ihr wahres Lebensziel zu beglücken.

Noch jetzt kennt man im mährischen Hochlande ein Volkslied folgenden Inhaltes:

Von ihrer Ziegenweide
Von ihres Glückes Rain,
Da zogen die Wallachen
Auf *Holomauce* hinein.

Der *Kovacz*, der war ihr Führer,
Der führt sie den *Schweden* zu;
Ach! wärt ihr daheim geblieben,
Daheim auf den Bergen ist Ruh'!

Der *Kovacz*, der war ihr Führer,
Der *Buchheim*, der führte sie an; –
Ein Hohlweg war die Falle,
Da war's um sie getan.

Das Schwert des Richters war schneidig,

Das Feuer des Richters war heiß:
Ein Grab und zwei Galgen standen
Zu *Brno* im weiten Kreis.

Der *Kovacz* rief einmal: »*Lore!*«
Da schlugen die Schützen an;
Der *Kovacz* rief einmal: »*Nika!*«
Da war's um ihn getan.

Die *Schweden*, die zogen von hinnen,
Die *Lore* kam auf die Höhn,
Da freuten sich die Sallaschen,
Da blühten die Wiesen schön.

Die *Lore*, die war so freundlich,
So reich an Herz und Glut;
Sie gab den Hungernden Speise,
Sie gab den Weinenden Mut.

So baut man sich Stufen zum Himmel!
Der Kluge löscht, wo es brennt,
Darum bleibt gut, Wallachen,
Und denkt an *Kovacz* und sein End'!

Über tredition

Eigenes Buch veröffentlichen

tredition wurde 2006 in Hamburg gegründet und hat seither mehrere tausend Buchtitel veröffentlicht. Autoren veröffentlichen in wenigen leichten Schritten gedruckte Bücher, e-Books und audio-Books. tredition hat das Ziel, die beste und fairste Veröffentlichungsmöglichkeit für Autoren zu bieten.

tredition wurde mit der Erkenntnis gegründet, dass nur etwa jedes 200. bei Verlagen eingereichte Manuskript veröffentlicht wird. Dabei hat jedes Buch seinen Markt, also seine Leser. tredition sorgt dafür, dass für jedes Buch die Leserschaft auch erreicht wird.

Im einzigartigen Literatur-Netzwerk von tredition bieten zahlreiche Literatur-Partner (das sind Lektoren, Übersetzer, Hörbuchsprecher und Illustratoren) ihre Dienstleistung an, um Manuskripte zu verbessern oder die Vielfalt zu erhöhen. Autoren vereinbaren direkt mit den Literatur-Partnern die Konditionen ihrer Zusammenarbeit und partizipieren gemeinsam am Erfolg des Buches.

Das gesamte Verlagsprogramm von tredition ist bei allen stationären Buchhandlungen und Online-Buchhändlern wie z. B. Amazon erhältlich. e-Books stehen bei den führenden Online-Portalen (z. B. iBookstore von Apple oder Kindle von Amazon) zum Verkauf.

Einfach leicht ein Buch veröffentlichen: **www.tredition.de**

Eigene Buchreihe oder eigenen Verlag gründen

Seit 2009 bietet tradition sein Verlagskonzept auch als sogenanntes "White-Label" an. Das bedeutet, dass andere Unternehmen, Institutionen und Personen risikofrei und unkompliziert selbst zum Herausgeber von Büchern und Buchreihen unter eigener Marke werden können. tradition übernimmt dabei das komplette Herstellungs- und Distributionsrisiko.

Zahlreiche Zeitschriften-, Zeitungs- und Buchverlage, Universitäten, Forschungseinrichtungen u.v.m. nutzen diese Dienstleistung von tradition, um unter eigener Marke ohne Risiko Bücher zu verlegen.

Alle Informationen im Internet: **www.tredition.de/fuer-verlage**

tradition wurde mit mehreren Innovationspreisen ausgezeichnet, u. a. mit dem Webfuture Award und dem Innovationspreis der Buch Digitale.

tradition ist Mitglied im Börsenverein des Deutschen Buchhandels.

Dieses Werk elektronisch lesen

Dieses Werk ist Teil der Gutenberg-DE Edition DVD. Diese enthält das komplette Archiv des Projekt Gutenberg-DE. Die DVD ist im Internet erhältlich auf **http://gutenbergshop.abc.de**

Zeitfracht Medien GmbH
Ferdinand-Jühlke-Straße 7
99095 Erfurt, Deutschland
produktsicherheit@kolibri360.de